요셉과 피나 부부

70대 인생을 재미있고
신나게 사는 이야기

요셉과 피나 부부

70대 인생을 재미있고
신나게 사는 이야기

초판 1쇄 발행 2013년 12월 1일

지 은 이	김현 · 조동현
발 행 인	권선복
편집주간	김정웅
디 자 인	박연주
교정교열	조웅연
전 자 책	신미경
마 케 팅	서선교
정 리	한영미
표지사진	이 힘 (평화신문 기자)
발 행 처	도서출판 행복에너지
출판등록	제315-2011-000035호
주 소	(157-010) 서울특별시 강서구 화곡로 232
전 화	0505-613-6133
팩 스	0303-0799-1560
홈페이지	www.happybook.or.kr
이 메 일	ksbdata@daum.net

값 13,500원
ISBN 979-11-5602-022-6   03800

도서출판 행복에너지 홈페이지에 방문하여 회원가입을 하시면 신간발행 소식과 함께 (주)휴넷 조영탁 대표님의
'행복한 경영이야기' 소식을 전송해 드립니다.

요셉과 피나 부부

70대 인생을 재미있고
신나게 사는 이야기

김 현 · 조동현 지음

도서
출판 행복에너지

프롤로그

저 김현과 제 아내 조동현은 천주교 신자입니다. 천주교 신자들은 세례명을 받을 때 존경하는 성인의 이름을 따게 됩니다. 저희는 성가정(聖家庭)의 수호자 성인인 요셉 성인의 이름을 따서 저는 '요셉', 제 아내는 '요셉피나(줄여서 피나)'라는 천주교 본명을 받았습니다. 요셉과 피나 이외에도 저희 부부를 부르는 특별한 별칭이 하나 있습니다. '대한민국 부부 배낭여행가 제1호'가 그것입니다. KBS-라디오 프로듀서였던 저와 서울여상 영어선생님이었던 아내가 정년퇴임을 하고, 부부 배낭여행을 제2의 인생으로 선택한 후로 언론에서 이런 별칭을 붙여준 것입니다.

당시 "하늘에는 안창남(비행기 조종사), 땅에는 엄복동(자전거 선수), 해외여행은 김찬삼(여행가)"이라는 얘기가 있었습니다. 한 분야에서 최고로 불리는 분들이었는데, 저 역시 퇴직을 하고 나면 어떤 분야에서든 최고가 되고 싶었습니다. 그때만 해도 부부가 함께 해외여행을 하는 것 자체가 쉽지 않았습니다. 그러나 여행가로서의 삶은 어린 시절부터의 저의 꿈이었고, 그 꿈을 아내와 함께 이룰 수 있다면 그보다 더 좋은 것도 없을 듯했습니다.

여행자유화가 실시된 1989년을 기점으로, 저희 부부는 배낭 하나 달랑 메고 본격적으로 해외여행을 다니기 시작했습니다. 그때부터 지금까지 저희 부부의 발자국을 남겨놓은 나라가 165개국에 이릅니다.

1995년부터는 머리가 희끗희끗한 노부부의 배낭여행 이야기가 입소문이 나기 시작하면서, KBS-TV의 〈세상은 넓다〉를 비롯한 여행 프로그램에 자주 출연하게 되었습니다. 이때부터 저희 부부를 알아봐주시는 분들이 생기면서, 세간에 '부부 배낭여행가 1호'라는 별칭이 이슈가 되어 유명세를 탔습니다. 이 프로그램 외에도 MBC-TV와 평화방송 등에 출연하면서 저희들의 첫 번째 여행 책 『여보, 우리도 배낭여행 떠나요』가 46군데 언론에 보도될 때였으니, 이 당시가 저희 부부의 황금기였는지도 모르겠습니다.

특히 12년간 부부가 함께 출연한 〈세상은 넓다〉는 우리 부부에게는 잊을 수 없는 프로그램입니다. 아무래도 나이가 있다 보니 방송에 계속 출연하는 것이 힘에 부쳐, 숙고 끝에 70세를 끝으로 그만 나오겠다는 의사를 밝혔을 때는 정말이지 시원섭섭했습니다.

그 이후 저희 부부의 배낭여행 이야기에 감동을 받은 분들이 여러 번 여행에 동참하고 싶다는 부탁을 해 오셔서, 1999년부터 〈2Hyuns' Travel Club〉이라는 여행클럽을 이끌게 되었습니다. 이 덕분에 저희 부부는 지금도 1년에 서너 번씩 여행 연출가가 되어, 세계 각지로 떠났다 돌아오곤 합니다.

방송 출연을 안 한 지 꽤 오래된 지금까지도, 저희 부부를 알아봐 주시는 분들이 많으셔서 깜짝 놀랐습니다. 외국에 가더라도 "요즘은 왜 방송출연을 안 하느냐?" "그동안 어떻게 지냈느냐?"며 인사말을 건네시는 분들을 만나게 되는데, 우리 부부로서는 더할 수 없이 뿌듯하고 감사한 일이었습니다.

한편으로는 저희 부부를 잊지 않고 근황을 궁금해하는 이 고마운 분들에게, 변변히 인사조차 드리지 못해 늘 죄송했습니다. 적어도 '저희 부부가 이러이러하게 살아왔고, 지금은 이렇게 살고 있으며, 앞으로는 어떻게 살 것인지'를 알려드리는 게 도리라고 생각했습니다. 그래서 아내와 상의한 끝에 물질적인 보답이나 입에 발린 감사인사보다는, 저희 부부의 삶을 있는 그대로 보여드리는 것이 좋겠다고 결론지었습니다.

더욱이 아내와 저는 지금까지 총 9권의 책을 출간했는데, 뜻

깊은 책을 1권 더 내어 10권을 채우자는 생각도 들었습니다. 또한 70세가 넘은 지금까지도 부부가 함께 여행을 다니면서, 〈2Hyuns' Tavel Club〉과 문화산책 〈청류회〉 등을 이끌며 건강하게 살고 있음을 보여드리고 싶었습니다.

이러한 생각들이 계기가 되어 어쩌면 저희 부부에게는 마지막 책이 될지 모르는 『요셉과 피나 부부—70대 인생을 재미있고 신나게 사는 이야기』를 쓰게 된 것입니다. 이 책은 아내와 제가 도란도란 이야기를 주고받는 형식으로 부부의 배낭여행 이야기, 은퇴 후 실버타운에서 사는 이야기, 70대 부부의 사회활동 이야기, 고마운 분들 이야기, 신앙 이야기, 죽음 준비 이야기 등으로 구성되어 있습니다.

언제나 책을 낼 때마다 특별한 의미를 담고자 애써왔지만, 이 책만큼 감회가 남다른 책도 없습니다. 이 책을 준비했던 금년 여름은 전쟁 중의 전쟁이었습니다. 여름 내내 무더위와 싸우면서 저술에 몰두해야 했고, 공교롭게도 저희 부부 둘 다 건강이 좋지 못해 이러다 혹 잘못되는 건 아닌가 하는 걱정 아닌 걱정까지 해야 했습니다.

저와 아내는 프로듀서와 교사로 살면서 갖게 된 책임감 때문인지, 어떤 일이든 한번 시작하면 총력을 기울이는 습관이 있습니다. 그 때문에 여느 해보다 힘든 여름을 보냈지만, 한편으로는 그 덕분에 원고를 조금 더 찬찬히 검토해 볼 수 있었고, 부부가 함께한 지난 세월들을 진솔하게 돌이켜볼 수 있었습니다. 그런 점에서 이 책은 저희 부부의 사랑과 인생의 여정이 고스란히 담겨 있는 책이라 할 수 있습니다.

이제 저희 부부는 방송인이나 교사가 아닌, 진정한 신앙인으로서의 삶을 살 것입니다. 그리고 지금 이 자리가 있기까지 도움을 주신 많은 분들과 보살펴 주신 하느님께 늘 감사하는 마음으로, 생명이 허락하는 한 하루하루 최선을 다해 살 것입니다.

열 번째 책을 펴내는 지금, 아내와 함께 썼던 첫 번째 책의 출판기념회가 떠오릅니다. 그때의 제 인사말은 아주 간단했습니다.

"주님, 도대체 저희가 무엇이기에 이토록 많은 은혜를 주시나이까!"

지금까지도 이 마음은 변함없습니다.

저희 부부의 부끄러운 고백서나 다름없는 이 책이, 힘은 들어도 자신의 자리에서 늘 미소를 잃지 않고 살아가는 사람들에게 자그마한 위로가 되기를 간절히 희망합니다.

2013년 가을
김현·조동현 부부

축하합니다!

최홍준 파비아노
한국천주교 평신도사도직단체협의회 회장

서로 다른 환경과 조건에서 자란 한 젊은 남녀가 어떤 계기로 만나서 혼인을 하고, 가정을 이루면서 자녀를 가르치며, 노년이 되도록 서로 사랑하는 삶을 살아가는 모습을 보면, 하느님의 창조질서에 순응하는 분위기를 자아내어 아름답기 그지없습니다.

그중에서도 김현 회장 내외분은 일과 신앙생활, 가정생활, 사회생활을 모범적으로 해 오신 선배임에 틀림이 없겠습니다.

이번에 『요셉과 피나 부부-70대 인생을 재미있고 신나게 사는 이야기』를 책으로 펴내신 두 분에게 진심으로 축하드리며, 늘 은총 안에서 하느님의 사랑 듬뿍 받으시기를 기도합니다.

두 분은 70대 나이에 그것도 건강이 썩 좋지 않은 상태에서, 문화산책 〈청류회〉와 여행클럽 〈2Hyuns' Travel Club〉을 이끌고 계십니다. 두 가지 일을 병행하는 데 다소 무리가 따를 텐데도 과감하게 떨쳐버리시고, 젊은이 못지않은 열정으로 70대의 하루하루를 신나고 보람 있게 살아가십니다. 단 하루도 허송세월하지 않고, 오늘 할 일을 내일로 미루지 않으며, 작은 것에도 늘 감사하고, 참다운 신앙인으로서 이웃에게 봉사하며 살아가는 노부부의 모습은 그 자체만으로도 이 시대를 살아가는 사람들에게 귀감이 될 것입니다.

방송인과 선생님, 여행가와 신앙인으로 살아오신 두 분의 발자취가, 이 한 권의 책에 오롯이 담겨 있습니다. 그 발자취를 따라가다 보면, 주어진 것에 불평하지 않고 하루하루 자신이 할 수 있는 최선을 다해 살아간다는 것이 얼마나 가치 있는 일인지를, 두 분을 통해 깨닫게 됩니다.

김현 요셉 회장은 저에게 맨 처음 교구 일을 하도록 다리를 놓아주신 분입니다. 1981년이면 제가 방송국 직원 신분을 내려놓고 프리랜서 작가로서 열심히 방송 대본을 쓰고 있을 때였는데, 총연출을 맡은 김현 회장께서 저에게 여의도광장에서 있을 '조선교구 설정 150주년 기념 신앙대회' 행사 대본을 써볼 생각이 있느냐고 물어왔습니다. 10월에 열릴 행사를 두어 달 앞둔 시기였고, 저는 기쁘게 이 일을 시작했습니다. 그런 중에 '행사 대본'을 작성하게 됐고, 이 일을 계기로 그해 12월 한 달 동안 로마를 비롯한 유럽 15개국 교회를 순방하는 기쁨도 누렸습니다.

그해 10월 18일 여의도 광장에서 거행된 '조선교구 설정 150주년' 행사에 김 회장과 함께 '연출석'에서, 행사 진행 상황을 체크하며 진행자에게 그때그때 필요한 멘트를 제시하던 기억이 새롭습니다. 그 후로도 저는 두 차례에 걸친 교황 요한 바오로 2세 한국교회 사목방문 행사 대본을 작성하는 일도 맡아보게 됐고, 이 경험은 교구 평신도사도직협의회와 한국평협 회장으로서도 봉사할 수 있는 계기가 됐습니다.

또 한 번은 지금은 고인이 되신 김몽은 신부님이 사제 양성의 못자리인 가톨릭대학교 신학대학에서 '설교학'을 강의하실 때, 요셉 회장의 추천으로 저도 함께 6년여 동안 부제반(副祭班)을 드나들며 김 신부님과 부제님들을 도운 적이 있습니다. 김 요셉 회장은 마이크 사용법과 말하는 법에 대해서 중점 강의했고, 저는 강론 원고 작성 등에 관해서 도움이 되고자 했으며, 세 사람 다 같이 부제님들의 '강론 실습'을 도왔습니다.

1980년대에 가톨릭 저널리스트클럽 회장으로서 한국평협 부회장을 맡기도 했던 김 요셉 회장은, KBS 교우회 창립에도 큰 발자취를 남기신 분입니다. 세상 한가운데에서 살며 그리스도의 사랑을 세상에 가져가고자 사도직에 정열을 불태우신 분으로 기억합니다.

무엇보다 루르드 성지순례 때 흰색 옷에 푸른 색 띠를 두른 성모 동고상 앞에서, 맏아드님의 사제성소를 위해 기도하시던 모습이 제 뇌리에 각인되어 있을 정도입니다.

이제는 부부가 함께 아드님 사제를 위해 기도하는 어버이로서 아름다운 노년의 삶을 살아가고 계십니다. 그 기록이 이 책 곳곳에 묻어 있음을 보는 것은 저에게도 큰 기쁨입니다.

70대의 나이에도 여전히 활기차고 보람되게 살아가시는 두 분의 삶의 향기가 은은하게 배어 있는 이 책을 통해, 지금 이 순간 고통 속에서 신음하면서도 허송세월하고 있는 많은 이들이 따뜻하고 희망찬 삶의 메시지를 얻게 되기를 바랍니다.

다시 한 번 『요셉과 피나 부부-70대 인생을 재미있고 신나게 사는 이야기』 출간을 축하드립니다.

차례

Chapter 1
'지구'라는 별을 함께 여행하는 부부

Chapter 4
우리들의 신앙생활

Chapter 5
죽음을 맞이하는 자세

Chapter 1

'지구'라는 별을
함께 여행하는 부부

그 모든 여행은
당신이 있기에 아름답습니다

대한민국 부부 배낭여행가 제1호

 우리 부부가 함께 배낭을 메고 여행을 다니
게 된 것은, 1989년 1월 1일 해외여행이 자
유화되면서부터였다. 물론 이전에도 여행을
다닌 적은 있지만, 본격적으로 부부가 함께
배낭여행을 다니게 된 것은 그때부터였다.
그 후 25년 동안 아내와 나는, 사정이 허락하는 대로 1년에
2~5회씩 해외 배낭여행을 다녀왔다.

40대 후반부터 시작하여 70세가 넘은 지금에 이르기까지,
우리 부부가 함께 여행한 나라만 해도 165개국에 달한다.

언제부턴가 우리 부부에게는 '대한민국 부부 배낭여행가 제

1호'라는 별칭이 붙게 되었는데, 이 별칭이야말로 우리 부부가 가장 아끼고 사랑하는 말이다.

그렇다면 우리 부부가 어떻게 하여 '부부 배낭여행가'가 되었는지 궁금할 것이다.

나는 32년 동안 KBS-라디오 PD와 1년 남짓 KBS-TV PD로 활동했고, 아내는 33년간 고등학교에서 영어 선생님으로 재직했다.

그러던 중 내가 방송국에 명예퇴직을 신청하면서 "이제 본격적으로 여행가의 길을 가보고 싶다."는 말을 아내에게 꺼냈다. 그때 반대할 줄로만 알았던 아내가 참 좋은 생각이라며 흔쾌히 받아들여 주었는데, 지금 생각해 보면 아내 역시 일찌감치 여행의 참 의미를 깨닫고 있었던 것 같다.

나는 직장을 다니는 동안에도 늘 '제2의 인생을 어떻게 살 것인가?'에 대해 고민하고 있었고, 그 결론은 내가 좋아하는 '여행가'로 살겠다는 것이었다. 여행가 중에서도 가장 적은 비용으로, 자유롭고 알뜰하게 여행할 수 있는 배낭여행가가 되고 싶었다.

그 당시 "하늘에는 안창남, 땅에는 엄복동, 해외여행은 김찬삼"이라는 말이 있었다. 안창남 씨는 비행기 조종사였고, 엄복동 씨는 자전거 선수였다. 김찬삼 씨는 우리나라 국민이라면 누구나 알고 있는 유명한 해외 여행가였다.

이렇게 한 가지 분야에서 1인자로 살고 있는 분들이 무척 부러웠는데, 지기 싫어하는 성격인지라 나 역시 어떤 분야에서든 1인자가 되고 싶었다. 그 순간 떠오른 것이 '대한민국 최초의 부부 배낭여행가'였다.

내 뒤를 이어 아내가 교직에서 물러나 합류하였고, 여행자유화 이후부터 우리 부부의 본격적인 배낭여행이 시작되었다. 머리가 희끗희끗한 사람들이 젊은이들에게나 어울릴 법한 배낭여행을 그것도 부부동반으로 다니게 되자, 주변 사람들은 물론이고 언론에서도 관심을 가져주었다. 그때부터 우리 부부가 '부부 배낭여행가 1호'로 불리게 된 것이다.

내가 배낭여행을 고집한 데에는 특별한 이유가 있었다. 한마디로 배낭여행이야말로 '복덩어리'였기 때문이다. 배낭여행 경비는 여행사의 패키지관광 상품과 비교해 볼 때, 3분의 2 정도면 충분하다. 게다가 모든 일정과 방문지 등을 직접 설계해 완벽한 자유를 누릴 수 있고, 부부가 함께 준비하는 과정에서 대화가 늘어나 금슬도 좋아질 수밖에 없다.

대부분의 사람들이 나이가 들면 편안하고 우아한 여행을 해야 한다고 생각하는데, 우리 부부의 생각은 좀 다르다. 오히려 나이든 사람들이 배낭여행을 한다는 것 자체가, 아직은 건강하게 살고 있다는 증거 아니겠는가.

간혹 '남들은 평생 한두 번밖에 갈 수 없는 외국여행을 저 부부는 무슨 돈이 많아 저렇게 다니나?' 하며, 곱지 않은 시선을 보내는 사람들도 있다. 그렇지만 그건 우리 부부의 여행을 잘 몰라서 하는 얘기이다. 우리 부부는 주로 별 두 개 이하의 숙박시설만 이용하고, 음식 값을 줄이기 위해 빵으로 끼니를 때우는 경우도 적지 않다.

한번은 아내와 나란히 외국의 공원 의자에 앉아, 마실 것 없이 빵만 먹고 있었다. 마침 그곳을 지나가던 한국 여행자가, 우리 부부의 모습이 안 돼 보였는지 생수를 주고 간 적도 있었다. 또 파리에서는 택시비 40프랑(6천 원)을 아끼려고 10년 만에 부부싸움을 했을 만큼, 최대한 절약하는 여행을 한다. 호텔까지만 택시를 타자는 내 말에, 아내가 배낭여행 규칙에 위배된다며 끝내 버스를 고집했던 것이다.

그만큼 먹는 것과 자는 것부터 시작하여 한 푼이라도 아끼기 위해, 우리 부부는 여행을 떠나기 몇 달 전부터 세밀하게 준비하고 계획을 세웠다.

이와 더불어 그간의 여행경험이 쌓이면서 단체여행 인솔이나 프랑스, 캐나다, 필리핀 등의 외국 관광청의 초청을 받게 되어 무료여행을 할 기회가 많아졌다. 비행기 표를 제공받거나 영화에서나 보던 유람선 여행을 공짜로 하게 된 것이다.

이런 묘미(妙味)에 이끌려 배낭여행을 즐기기 시작한 것이 벌써 25년이 넘었다.

1995년 KBS-TV 여행 프로그램 〈세상은 넓다〉에 출연하면서부터 일반인들 사이에서도 유명해지기 시작했는데, 그도 그럴 것이 12년이라는 오랜 시간 동안 한 프로그램에 출연해 부부의 배낭여행 이야기를 들려드린 덕분이었다.

방송 출연 이후 유명해진 만큼 책임도 뒤따랐다. 그 때문에 한 나라를 여행하더라도 주마간산에 그치지 않도록 더 철저하게 여행 일정을 짰고, 우리 부부에게 따라붙는 '부부 배낭여행가 1호'라는 말에 누가 되지 않으려고 무척 노력했다.

또한 늘 아내는 나를 위하고 나는 아내를 위하는 여행이 되도록 애썼다. 우리 부부는 "부부가 함께 여행을 하면 사랑이 더욱 깊어진다."고 주위에 자신 있게 얘기할 수 있다.

그렇게 아내와 내가 오늘날까지 큰 탈 없이 부부 여행가로 활동한 데는, 무엇보다 가족들의 도움이 컸다. 생전의 부모님은 언제나 공항까지 배웅을 나오셔서 격려를 아끼지 않으셨고,

두 아들 역시 부모의 배낭여행에 열렬한 응원을 보내주었다. 가족들의 이러한 이해와 양보가 없었다면, 결코 이 자리까지 오지 못했을 것이다.

우리 부부는 참으로 운 좋게도 서로 좋은 배필을 만나 어언 45년을 해로하였고, 그중 절반에 이르는 세월을 '부부 배낭여행가 1호' 소릴 들으며 살아왔으니 정말 감사하고 행복한 일이다. 그런 의미에서 아내는 인생의 반려자(伴侶者)인 동시에 여행의 동반자(同伴者)인 셈이다.

나이가 나이니만큼 여행 횟수는 다소 줄어들겠지만, 아내와 나는 여전히 부부 배낭여행에 큰 기대를 걸고 있다. 앞으로도 우리 부부는 건강과 주변 여건이 허락하는 한, 청년의 도전정신으로 배낭여행을 하며 제2의 인생을 살아갈 것이다.

인생의 반려자, 여행의 동반자

남편과 함께 수많은 여행을 하는 동안 내게도 '부부 여행가'라는 별칭이 따라붙었다. 나는 아내로서 남편과 함께 여행할 때 느꼈던 부부여행의 즐거움에 대해 몇 가지 보탤

까 한다.

어느 나라를 막론하고 부부간에 대화할 시간이 적다는 것은 사실일 것이다. 대화라고 해야 아이들 걱정과 사회의 갖가지 사건 사고에 대한 스쳐 지나는 얘기 등이 전부일 테니까.

그런데 부부가 여행을 함께하다 보면 자연스럽게 대화가 많아져서 참 좋다. 같은 시간에 같은 사물과 풍물을 대하게 되니 대화할 내용이 많아지는 것이다.

같은 대상이라 하더라도 여행을 다녀온 남편으로부터 일방적으로 듣는 것보다, 남편과 함께 직접 보고 느끼는 것의 차이는 엄청나게 다르다는 것을, 나는 여러 번의 여행을 통해 깨달을 수 있었다.

이렇게 함께 여행을 다니다 보면 저절로 정겨운 분위기 속에 빠져들게 되고, 나중에는 신혼 같은 달콤한 느낌에 젖어들게 되니, 더 이상 부부여행의 장점에 대해서는 말할 필요가 없을 정도이다.

또 하나 좋은 점은 여행을 통해 견문을 넓힐 수 있다는 점이다. 부부가 함께 견문을 넓히니 서로를 바라보는 시야와 이해가 더 깊어질 수밖에 없다.

그렇다고 늘 좋을 수야 있겠는가? 여행지에서는 대부분 강행

군을 하는 경우가 많기 때문에, 몸과 마음이 지쳐 있기 십상이다. 이럴 때 누구에게 짜증을 낼 것인가? 결국 옆에 있는 남편이나 아내일 터이니, 이것이 부부여행의 단점이라면 단점이다.

이런 단점에도 불구하고 남편과 여행을 하다 보면, 타인들과 여행하는 것보다 달콤한 추억을 더 많이 쌓을 수 있다.

뉴욕에 갔을 때였다. 남편과 내가 얼마나 지쳤던지, 맨해튼 5번가의 번화가 벤치에 꼼짝도 하지 않고 앉아만 있던 기억이 난다. 또 캐나다의 캘거리 호텔에서 경비를 아끼느라 컵라면을 사먹었던 기억도 새롭다. 당시는 괴로웠지만 지나고 나니, 그 괴로움까지도 아름다운 추억이 되었다. 이런 것이 바로 부부여행의 즐거움이라고 생각한다.

그중에서도 나는 영원히 잊을 수 없는 달콤한 추억을 간직하고 있다.

나이아가라 폭포에서였다. 우리 부부가 우비를 입은 채 배를 타고 폭포 밑에까지 가게 되었는데, 그때 갑자기 남편이 내게 입맞춤을 한 것이다. 나는 그때의 입맞춤을 이국에 나와 서로 의지하며 부부간의 사랑을 확인하는 상징이었다고 생각한다.

그래서 간혹 힘이 들거나 괴로운 일이 있으면, 남편과 함께 했던 여행의 기억 중 달콤한 추억들을 꺼내어 스스로를 위로하곤 한다.

인생의 반려자, 여행의 동반자로 늘 함께하는 기쁨은 이렇게 큰 힘이 된다.

나는 감히 많은 부부들에게, 더 늦기 전에 배우자와 함께 해외여행에 나서는 기쁨을 느껴보라고 권하고 싶다.

늙은 부부 짐 꾸리던 날

아무리 여행경험이 많은 사람이라 해도, 항상 떠나기 전날은 가슴 설레게 마련이다. 나 역시 이번 여행에 가슴이 설레면서도 전과는 좀 다른 느낌이 든다. 무슨 까닭일까?

옆방에서 부지런히 짐을 꾸리는 아내를 쳐다보고 있자니 슬며시 웃음이 나온다. 머리가 희끗희끗한 두 늙은이가 배낭 하나 달랑 메고 여행을 떠나려는 것이다. 아내와 둘이서 손을 꼭 잡고 이방(異邦)의 거리를 걷고 있을 상상을 하니, 나도 모르게 웃음이 난다.

이번 여행은 다소 고생스러운 여행이 될 것 같아 처음에는 혼자 떠날까도 생각했지만, 마침 학교 선생님인 아내가 방학을 맞이하여 함께 떠날 수 있게 되었다. 이 기회를 놓치지 않고 아내와 나는 '부부 배낭여행'을 부랴부랴 실행에 옮기려는 것이다.

이 여행에 앞서 나는 정년을 2년여 남긴 채 직장을 그만두었다. 방송생활 32년을 마감한 것이다. 이런 중대한 결심을 하게 된 데에는, 나와 같은 한국여행인클럽의 회원이며 여행 선배님인 서진근 원장(중앙학원 그룹 회장)의 권유가 큰 작용을 했다. "더 늙기 전에 더 아프기 전에 세계여행을 떠나라."는 충고 덕분이었다. 그렇지 않아도 내게는 당뇨, 고혈압 등의 지병이 있는 터라 선배님의 말에 더 크게 공감할 수 있었다.

그런데 이번 여행은 직장을 그만두면서 생긴 여러 가지 어려움 속에서 급하게 일정을 짜느라, 다소 파격적인 여행이 되었다.

여행의 일정을 다시 살펴본다. 러시아에서 6일, 북유럽에서 8일, 중부유럽에서 10일, 모두 24일이다. 오랜 역사와 문화를 간직한 유럽의 여러 나라를 여행하기에는 턱없이 짧은 일정이다. 그렇지만 일단 이렇게 시작한다는 것에 의의를 두기로 했다. 그 후에는 서울에 잠깐 들러 휴식을 취한 다음 호주로 갈 예정이다.

어찌 보면 계획이 잘 짜인 것처럼 보이지만, 한편으로는 돌발적인 여행이라는 생각을 버릴 수 없다. 더구나 우리 나이 또래의 부부들을 위하여 해외여행의 지침서가 될 여행기를 써보겠다는 욕심이, 또 하나의 배낭처럼 짐이 되고 있다.

이번 여행에서는 출판계획을 고려하여 여행형식을 혼합하기로 했다. 젊은 사람들의 배낭여행과 마찬가지로 트렁크를 들고 돌아다니면서, 기차 등의 대중교통을 이용하고 인포메이션에서 숙소를 구하는 것이다. 중부 유럽의 경우가 바로 그렇다.

호주 대륙은 대학동창 부부들의 인솔자 역할을 하고, 러시아와 북유럽의 경우에는 여행사의 패키지 프로그램에 합류하기로 했다. 이렇게 패키지여행, 자유여행, 인솔여행을 모두 합쳐서 이번 여행을 구성한 것이다.

여행비는 다른 때에 비해서 다소 파격적으로 준비했다. 예전에 3주간 캐나다와 미국을 여행할 때는 총 경비를 2백만 원으로 잡았었다. 여행비의 대부분을 차지한 항공료는 크레디트 카드로 분할해서 냈고, 숙소는 주로 아는 사람을 찾아다녀서 20일 여행 중 4일만 호텔 신세를 졌다. 그때 우리가 쓴 비용은 점심값 정도가 고작이었다. 두 사람이 3주간의 외국여행을 2백만 원에 끝마쳤으므로, 그야말로 알뜰한 여행이라 할 수 있었다.

보통 1인당 환불 가능한 외화는 5천 불이다. 그렇지만 나는 한 번도 3백 불 이상 바꿔간 적이 없었다. 그런데 이번만큼은 나를 위해 애써준 아내에게 보답하기 위하여 조금 여유 있게 준비했다. 고성(古城) 호텔 등을 이용하면서, 아내에게 왕실의 분위기를 선사하고 싶었던 것이다. 하이델베르크와 라인 강의 고성 호텔, 그리고 런던의 홀리데이 인(Holiday Inn) 호텔을 예약했다.

프랑, 마르크, 파운드도 적당히 안배해서 바꿨다. 5천 불은 미화로, 나머지는 프랑과 마르크, 파운드를 섞었다. 이 돈을 가지고 직접 호텔비도 지불하게 될 것이다.

사전에 유레일패스도 준비해 두었다. 5일짜리 유레일 플렉스 패스는 비용을 60만 원으로 절약할 수 있다. 이런 식으로 일정을 일곱 번 정도 수정하면서 세밀하게 짰다.

카메라는 두 종류를 준비했다. 니콘 카메라는 슬라이드용으로, 아내의 오토매틱 카메라는 인물사진을 찍는 것으로 정했다.

그러나 이 여행을 가기 위해 나는 연재물과 기행문의 원고를 서둘러 마쳐야 했고, 출연하는 라디오방송 프로그램도 미리 녹음하느라 여러 가지로 바빴다. 이런 이유로 "10일 여행을 위해서는 100일을 준비해야 한다."는 내 여행원칙도 지키지 못하여, 많은 것을 아내에게 의탁할 수밖에 없었다.

이 때문에 조금 불안한 마음으로 여행을 떠나게 되었다. 그렇지만 아무리 철저하게 준비한다 해도 여행이란 어느 정도의 불안과 기대가 공존하게 마련이고, 이미 그것 자체가 여행의 시작이 아닐까 생각한다.

나는 짐 꾸리기 선수!

 해외여행이 자유화되면서 남편과 함께 배낭 여행을 시작한 것이 바로 엊그제 같은데, 그동안 참 많이도 다녔다. 마치 떠나기 위해 만난 부부처럼.

　늘 해오던 대로 이번에도 내가 짐 꾸리는 책임을 맡았다. 짐 꾸리기는 여행의 가장 중요한 첫걸음이다. 이제 나는 여행 짐을 꾸리는 데는 선수가 되었다.

　우선 보름 전부터 노트에 준비물을 적어 나갔다. 그리고 아무리 작은 것이라도 잊은 것이 있으면, 생각나는 대로 리스트를 작성했다. 이번에는 짐이 많은 편이다. 북유럽의 추운 날씨를 생각해서 두툼한 옷도 준비해 두었다.

　여행을 할 때 가장 중요한 것은 신발이다. 많이 보고 씩씩하게 다니려면 반드시 가장 편한 신발을 준비해야 한다. 남편은 캐주얼화가 낡았지만 편하니까 그냥 신기로 하고, 나는 여행준비를 할 때면 늘 들르는 가게에서 만 원짜리 신발을 하나 샀다. 이 신발로 러시아와 유럽 땅을 얼마나 걷게 될까!

　짐을 준비할 때 또 한 가지 중요한 것은 필름이다. 외국에서는 값이 매우 비싸기 때문에 미리 준비해야 한다. 우리는 이번 여행에서 슬라이드 30통, 일반 필름 30통을 준비했다.(이 여행을 떠날 때만 해도 디지털 카메라가 보급되지 않은 시기였다.)

　그리고 비상약품도 꽤 중요한 준비품목 가운데 하나이다. 뭐니 뭐니 해도 가장 중요한 것이 건강이다. 우리 나이에 음식과 물, 잠자리가 바뀌는 해외여행은 건강이 관건이다. 필요한 짐은 돈으로 살 수 있지만 건강은 그렇지 못하다. 여행 떠나기 몇 달 전부터 가벼운 운동이라도 해두면 더 좋을 것이다. 이렇듯 건강, 돈, 자세한 일정표는 여행의 가장 중요한 준비사항이다.

　나 역시 학기말 수업이 아직 끝나지 않은 터라 다른 때보다 준비기간이 짧았다. 그렇지만 그동안의 여행경험으로 노하우가 많이 축적되어 있었기 때문에, 다행히 빠짐없이 준비할 수 있었다.

　난생 처음 가보는 러시아, 북유럽! 먼 여행길에 앞서 이토록 마음이 들뜨는 건 나이가 많건 적건 매일반인 모양이다.

좀 더 풍요로운 삶을 위하여

우리 부부는 해외여행을 하는 것은 '개안(開眼)'을 하는 것과 마찬가지라고 생각한다.

우리뿐 아니라 많은 사람들이 비슷한 생각을 갖고 있을 것이다. 한번 외국을 다녀오니 세상이 달라 보인다며, 기회 닿는 대로 해외여행을 다녀와야겠다는 말들을 한다. 주변 사람들에게 그런 얘기를 들을 때마다 나는, 여행이야말로 좀 더 풍요로운 삶을 살게 해주는 가장 좋은 방법이라고 믿고 있다.

흔히 여행, 그중에서도 해외여행이라고 하면 많은 사람들이 "여행 가려면 '돈'이 있어야지? 시간이 있어야지? 외국어도 한마디 못하는데 어떻게 외국엘 가?"라고 되묻는다. 여행을 가기도 전에 걱정부터 하고 포기하고 마는 것이다.

그중에서도 돈, 즉 '여행경비'가 가장 큰 문제다. 그러나 한번쯤은 생각을 달리해 보는 것도 좋다. 한 달에 10만 원씩 3년만 모아보라. 절대 불가능한 일만은 아닐 것이다. 1년이면 120만 원, 3년이면 360만 원이 된다. 부부 두 사람이 가도 충분한 금액이다. 처음부터 돈이 없어 못 간다고 단정 짓는 것보다 얼마나 가능성 있는 얘기인가.

'시간'에 관한 것도 마찬가지다. 자신의 아이가 한창 공부해야 할 나이라서 여행 갈 형편이 못 된다고 하는 사람들이 있다. 우리 부부 역시 비슷한 경험을 해봤기 때문에 잘 알고 있다. 그렇지만 여행을 가는 사람들이라고 해서 모두 시간이 남아돌아서 가는 것은 아닐 것이다. 시간을 만들어서 가는 것이다.

'외국어' 문제 역시 크게 다르지 않다. 사실 여행은 특히 해외여행은 배짱이 있어야 하고, 하고자 하는 마음만 있으면 얼마든지 가능하다.

내가 알고 있는 분 중 연세가 무척 많으신 분이 있는데, 이분은 참 배짱이 두둑한 분이었다. 외국어를 잘 못하는 이분이 외국 도시에 도착할 때마다 하는 행동이 있었다. 무작정 그 도시의 인포메이션 센터로 들어가 "호텔, 호텔!" 하고 외치고는 100달러를 흔들어 보이는 것. 그 덕분에 이목이 집중되어 원하는 호텔을 안내받았다고 하니, 이분처럼 영어를 못해도 여행하는 데는 별 문제가 되지 않는다. 문제는 배짱인 것이다.

그러므로 여행가기 힘들게 한다는 돈·시간·외국어에 대한 고정관념을 버리고 새로운 착안과 노력을 한다면, 해외여행이 그다지 어려운 일만은 아니라고 생각한다.

우리나라 사람들에게 가장 가고 싶은 나라가 어디냐고 물어

봤더니 1위가 프랑스 파리, 2위가 스위스, 3위는 이탈리아였다고 한다. 그렇다면 이 가고 싶은 나라들을 '어떤 방법으로 가느냐?'가 궁금해질 수밖에 없다.

처음에는 여행사 여행, 즉 '패키지여행'을 가는 것이 필요하다. 초보자들이 패키지여행을 하게 되면 수속이라든지 진행, 안내 등을 여행사에서 일괄적으로 해주기 때문에 매우 편리하다. 그런데 패키지여행에는 치명적인 단점이 있다.

여행을 하면서 제맛을 느끼려면 적어도 볼거리, 먹을거리, 즐길거리를 생각해야 된다. 이 세 가지를 만족시키려면 무엇보다 여유가 있어야 하는데, 여행사를 따라다니다 보면 이런 것들을 제대로 할 수가 없다.

그러므로 세 번 정도는 여행사를 따라다니고, 그 다음부터는 자기 스스로 다니는 것이 가장 바람직하다.

나는 이렇게 권하고 싶다. 공항의 항공사 카운터에서 수속할 때 여행사 직원한테만 맡긴 채 기다리지 말고, 옆에서 수속을 어떻게 하는지 지켜보라고. 초보자일수록 서류는 뭘 주고, 어떤 과정을 거치는지를 관심을 갖고 지켜봐야 하는 것이다.

이와 더불어 여행 안내서적 등으로 스스로 공부하고 준비하면서, 가능한 한 여행 자료도 많이 수집해야 한다. 신문에서 국제정세 등을 살피다 보면 관심 있는 지역의 기사가 눈에 띌 것이다. 텔레비전도 마찬가지다. 그때마다 꾸준히 스크랩하고 메모해 두는 습관을 들이는 것이 좋다. 여행계 일각에서는 우리나라에서 여행 자료를 가장 많이 가지고 있는 여행자로 우리 부부를 꼽기도 하는데, 이는 아내와 내가 30여 년 전부터 기회가 닿는 대로 여행 자료들을 모아왔기 때문이다.

또 한 가지 덧붙여서, 어느 지역을 가든 그 지역을 한꺼번에 돌라고 권유하고 싶다. 뉴질랜드의 경우 남섬과 북섬이 있는데, 그중 북섬만 가고 남섬은 다음에 간다면 굉장한 손해일 것이다. 뉴질랜드 남·북 섬에 피지까지 곁들이면 금상첨화이다. 여행비의 반은 비행기 삯이다. 그러니까 간 김에 무리를 해서라도 그 일대를 전부 돌아보는 것이 훨씬 유익하다.

여행은 참으로 매력적인 것이다. 이런저런 사정으로 못 간다고만 하지 말고, 꼭 한 번 도전해 보라. 산다는 것은 즐겁게 사는 것을 뜻하지 않는가? 여행이야말로 인생을 즐기며 우리네의 삶을 좀 더 풍요롭게 해주는 활력소가 돼줄 것이다.

2Hyuns' Travel Club을 이끄는 부부 이야기

 남편이 KBS의 사회교육방송국 부국장을 맡고 있을 때였다.

해외여행에 관한 프로그램을 기획하면서 여행관련 저술이나 많은 경험을 가진 20여 명을 접할 기회가 있었는데, 그때 남편이 여행 정보 교환을 위해 전문가들의 모임을 만들 것을 제안하였고, 이것이 계기가 되어 우리나라 최초의 '한국여행인클럽'이 발족되었다는 것이다.

남편은 이 클럽의 회장으로 10년 가까이 일하면서 외국 여행 단체와의 국제 교류를 추진하였다. '일본여행인클럽'과 함께 우리나라와 일본을 교환 방문하기도 했고, 그들과 같이 마닐라를 여행하기도 했다. 또 회원들만의 모임에 그치지 않고 정보를 공유하고 여행문화 발전을 위해 매년 3, 4차례의 공개 강연회 등을 개최하여, 일반인들에게도 참여기회를 높이는 역할을 해 왔다.

이러한 남편의 활동으로 미루어 보건대 여행을 통한 교류는 민간 외교로서도 손색없다고 할 수 있다. 그런 점에서 나는 남편의 역할에 꽤 자부심을 가지고 있는 편이다.

여행가로서의 남편의 활동은 방송국을 은퇴한 후에도 계속되었다. '한국관광의 미래를 걱정하는 모임'에서 발전하여 창립된 '한국관광포럼'에도 참여하게 된 것이다. 이 모임의 주요 회원은 관광학 교수, 관광담당 언론인, 항공사와 관광호텔 및 여행사 사장 등이었다고 한다.

남편으로서는 이 모임의 초대 회장을 맡게 된 덕분에, 좀 더 깊은 관점에서 국내외 관광과 여행문화에 대해 토론하고 공부할 기회를 가질 수 있었다. 이런 활동에 힘입어 남편이 1996년 '제1회 관광인상' 수상자로 선정되었을 때는, 오히려 남편보다 내가 더 기뻐했던 기억이 난다.

남편은 이렇듯 KBS 시절부터 제2의 인생을 여행가로 살기 위해 차근차근 준비해 왔다. 그 때문에 남편이 배낭여행을 제안했을 때 나 역시 흔쾌히 받아들일 수 있었고, 퇴직 후 본격적으로 남편과 함께 배낭여행을 다니게 된 것이다.

그러던 중 우리 부부의 배낭여행 이야기가 조금씩 입소문이 나기 시작했다. 1995년 KBS의 〈세상은 넓다〉와 PBC의 〈세계일주〉를 비롯하여 여러 TV 프로그램에 출연하면서, 신문 잡지에도 자주 실리게 되었고 KAL 및 ASIANA 항공의 기내지에도 연재를 했다.

2012년 12월, 어느 출판기념회

이로 인해 세간에 '부부 배낭여행가'로 알려지게 되었는데, 이때부터 우리 부부에게도 일종의 팬이 생기기 시작했다.

부쩍 우리 부부를 알아보는 사람들이 늘어났다. 부산 페리호 선착장을 시작으로, 알래스카에서 우연히 만난 내외 역시 우리 부부를 알아보고는 인사를 해왔다. 그 부부는 남편과 내가 공저로 낸 책 『여보, 우리도 배낭여행 떠나요』를 손에 들고 있기까지 했다. 이렇게 우리 부부의 얼굴을 세상에 알린 일등공신은, 무려 12년간이나 출연한 〈세상은 넓다〉였다.

방송 출연을 자주 하다 보니, 자연스럽게 우리와 함께 여행가기를 원하는 사람들이 많아졌다. 방송을 보거나 남편의 강연을 듣고 감동한 사람들이, 우리 부부와 여행을 같이 가고 싶다고 여러 번 청해 온 것이다.

이것이 계기가 되어 1999년, 부부가 공동대표인 〈2Hyuns' Travel Club〉이라는 모임을 만들어 정식으로 이끌게 되었다.

이 클럽의 명칭은 우리 부부의 이름(김현·조동현) 중 '현' 자(字)를 따서 지은 것이다. 회원은 50여 명 정도이다.

이후부터 우리 부부는 해마다 연초에 다음 해의 1년간 여행 계획을 미리 발표한다. 그렇게 지난 15년 동안 이 〈2Hyuns' Travel Club〉을 통하여 평균 15명씩 년 3~5회 해외여행을 다녀왔다.

사실 이 모임을 만들면서 남편은, 70세가 넘으면 더 이상 할 수 없을 것이란 생각을 했다고 한다. 손수 여행 프로그램을 기획하고 단체를 인솔하여 해외여행을 하는 것이 그만큼 쉽지 않은 일이었기 때문이다. 준비할 것도 너무 많고 신경 쓸 일도 한두 가지가 아니었다.

우리 부부의 경우에는 출발 전부터 각국의 자료를 모아 현지 교통편부터 숙박시설, 관광명소, 음식점 등을 담은 여행 가이드북을 별도로 만든다. 세심히 조사하다 보면 이 정보만 해도 A4 용지 크기의 대학노트로 세 권이 넘는 분량이 된다. 그러니 여행을 떠나기 전부터 기진맥진할 수밖에.

이렇게 다소 지나치리만큼 준비하는 데에는, 우리 부부만의 여행 신념이 있기 때문이다. 단순한 관광여행으로 그치는 것이 아니라 좀 더 유익하고 살아 있는 여행이 되도록, 남편과 함께 머리를 맞대고 항상 새 아이디어를 짜내는 것이다. 현지인도 잘 모르는 명소를 찾아내어 일행들과 함께 여행의 진수를 만끽할 때면, 모든 피로가 눈 녹듯 사라지며 덤으로 보람까지 얻게 되니, 준비를 안 하려야 안 할 수가 없다.

우리 부부가 그동안 〈2Hyuns' Travel Club〉을 이끌면서 중요하게 생각한 것이 한 가지 더 있다. 어떤 상황에서도 한 번 한 약속은 끝까지 지킨다는 것!

몇 년 전 남편이 대퇴부 골절상을 입고서도 휠체어를 탄 채 3차례의 여행을 강행했던 것도, 모두 회원들과의 약속을 지키기 위해서였다. 물론 각 항공사의 휠체어 서비스가 많은 도움을 주었다.

이런 보이지 않는 노력들이 있었기에 처음에 우려했던 것과는 달리 15년이 지난 지금까지도, 〈2Hyuns' Travel Club〉이 건재한 것인지도 모르겠다. 남편과 나는 지금까지 그래왔던 것처럼, 여행의 소중한 추억들을 더 많은 이들과 나누기 위해 쉼 없이 움직일 것이다.

아내와 함께 쓴 해외여행기

나는 유독 어릴 때부터 책 욕심이 많았다. 당시만 해도 책다운 책이 귀했던 터라, 활자에 굶주린 어린 시절을 보내야 했기 때문이다.

그러다가 우연히 경기중학교에 다니는 동네 형에게서 홍명희 작가의 『임꺽정』을 빌려 보게 되었다. 초등학교 6학년 때였는데 그 책이 어찌나 재밌던지, 밤을 새우며 읽고 또 읽었던 기억이 난다. 나중에는 등화관제 중에도 담요를 뒤집어쓴 채 남폿불로 어둠을 물리치며, 그 방대한 양의 책을 직접 필사(筆寫)까지 할 정도였다.

그 후부터 나는 존경하던 한 선생님의 말씀처럼 "일생 중에 내 키만큼 많은 책을 낼 수 있으면 좋겠다."는 꿈을 꾸게 되었다. 그 꿈은 어른이 되어서도 늘 가슴속에 남아 있었다. 그러므로 직장생활을 마무리하고 책을 내는 일에 애정을 쏟게 된 것은, 퍽이나 자연스러운 일이었다.

내 꿈의 첫 스타트를 끊은 책은, KBS를 그만두자마자 출간한 『해외여행에 꼭 필요한 158가지 도움말』이었다. 당시 평화방송(PBC) '서울에서 세계로'와 KBS 2라디오 윤은기의 '달리는 샐러리맨'에서 방송할 기회를 가졌는데, 덕분에 책 한 권 분량의 원고를 마련할 수 있었다. 이 책은 나의 해외여행 경험을 토대로 하여, 나름대로 여행문화 정립에 도움이 되었으면 하는 바람으로 펴낸 책이었다.

이 책을 시작으로 지금까지 총 9권의 책을 출간하였다. 여행 관련 책이 5권이고, 신앙관련 책이 4권이다. 그중에서도 특히 아내와 공동집필한 3권의 해외 여행기는, 우리 부부에게는 무척이나 소중한 책들이다.

『여보, 우리도 배낭여행 떠나요』(1995년, 대원미디어 발행), 『여보, 우리 함께 떠나요』(1996년, 아세아미디어 발행), 『김현·조동현의 세계 도시 기행』(2007년, 바움 발행)이 그것이다.

『여보, 우리도 배낭여행 떠나요』 출판기념회
황인용·김미숙 사회, 채문식 국회의장과
시인 구상 선생님 등이 축하 자리에 참석했다.

『여보, 우리도 배낭여행 떠나요』는 우리 부부의 해외 배낭여행 경험과 준비과정을 묶은 책이다. 그동안 우리 부부가 배낭여행을 하면서 겪은 일들을 다른 부부들에게도 전하면 좋겠다는 생각을 하게 되었고, 기왕이면 공동집필하자는 데 의견 일치를 본 것이다.

『여보, 우리도 배낭여행 떠나요』 출판기념회

이 책은 부부가 함께 쓴 첫 번째 책이기에 그 의미가 각별하다. 더욱이 독자들의 반응이 기대 이상으로 좋아서, 출판사 측에서 성대한 출판기념회를 63빌딩에서 갖게 해주었다. 이때 채문식 전 국회의장과 구상 시인이 주도해 주셨는데, 두고두고 기억에 남는 출판기념회였다.

『여보, 우리 함께 떠나요』는 한국인이 가장 가보고 싶어 하는 도시를 순서대로 소개해 달라는 한 잡지 편집자의 청탁에 따라, 매달 마감에 시달리며 고생한 결과물이라고 할 수 있다.

우리 부부는 이 글을 연재하면서, 단순한 여행안내 책자와는 다른, 정보와 경험이 조화롭게 담긴 글과 사진을 실어야겠다는 생각으로 꽤 애를 썼다. 일반적인 여행안내서의 도움도

받는 한편 10년 동안 수집한 자료도 적절히 활용하고, 실제의 경험과 느낌을 담는 등 입체적인 여행서가 되도록 노력한 것이다.

이것이 이 책을 펴내게 된 직접적인 동기이자 바람이라고 할 수 있는데, 이 책에 특별한 자부심을 갖는 것은 이러한 노력이 여행길에 나서는 분들에게 적잖은 도움을 줄 수 있으리라 믿었기 때문이다.

『김현·조동현의 세계도시기행』에는 재밌는 에피소드가 있다.

우리 부부가 두 번째 남미 여행 중일 때, 당시 평화방송의 김은순 프로듀서와 우여곡절 끝에 전화연결이 되었다. 전화 사정이 워낙 좋지 않은 남미이다 보니 통화 한 번 한다는 것이, 마치 무슨 쫓고 쫓기는 첩보영화 같았다. 전화하고, 못 받고, 끊기고, 팩스 주고받고, 다시 여행하고……. 그렇게 연이 닿아 평화방송에서 세계의 도시들에 대한 방송을 하게 되었다. 보통 일주일에 한 도시씩 소개하는 프로그램이었다.

이와 더불어 KBS 라디오에서도 세계의 도시들을 소개하게 되었다. 이 프로그램에서는 제한된 조건 없이 한 도시를 여러 주에 걸쳐 집중적으로 소개하였다. 덕분에 우리 부부는 여행 자료를 더 많이 접하고 모으는 등 체계적인 준비를 할 수 있었다.

즉 이 두 프로그램이 책을 쓴 계기가 된 것이었고, 말로 흩어 졌다가 책의 활자들로 다시 모여 『김현·조동현의 세계도시기 행』으로 탄생한 것이다.

이 책이 출간되기 전 내가 70세 때, 우리 부부가 오랫동안 출 연해 오던 KBS '세상은 넓다'에서 두 번에 걸쳐 남미 편 총정리 방송을 했다. 그때 내가 이번 출연이 우리 부부의 TV 은퇴 기 념 방송이 될 것이라는 말을 했었다. 그러므로 이 책은 우리 부 부의 배낭여행이 총망라된 마지막 책임과 동시에 무척이나 뜻 깊은 책인 것이다.

이 세 권의 책을 출간하고 나서 우리 부부는 분에 넘치게 독 자들의 사랑을 많이 받았다.

나는 아내와 공동집필하는 틈틈이 서울경제신문에 3년간 연 재했던 '김현의 여행칼럼' 중 1백 회 분을 모아 『하늘에도 길이 있다』를 펴내기도 했다.

그런데 유독 부부가 함께 쓴 위의 책들에 더 많은 격려가 뒤 따라서, 아내도 나도 새삼 부부 배낭여행가로서의 긍지를 느끼 게 되었다.

아내와 함께 쓴 이 해외 여행기들은 우리들의 여행 이야기면 서 인생의 이야기이다. 여행이야말로 자신의 인생을 가꾸는 것임과 동시에, 타인의 인생을 엿보면서 식견을 넓히는 창구이자 새로운 문화를 접하는 통로이기도 하다.

여행이 사치스러운 것이라고 생각하거나, 이 어려운 때 무슨 여행 얘기냐고 되묻는 사람들도 분명 있을 것이다. 그러나 여행의 진정성이란 그런 단순한 가치를 뛰어넘는 것이다.

'한국여행인클럽'의 동료 회원이며 시인인 전규태 교수가 여행에 대해 이런 정의를 내린 게 기억난다.

"여행은 두 개의 앨범을 준비하는 것이다. 하나는 여행 중에 찍은 사진을 엮는 앨범이 될 것이고, 또 하나는 여행자의 가슴과 머릿속에 간직해 오는 앨범이 될 것이다."

우리 부부는 그동안 세계 여러 나라를 여행하였고, 그 여행을 통해 많은 사람들을 만났으며, 그들과의 정겨운 만남이 가져다준 아름다운 기억들을 소중히 간직하고 있다.

부디 아내와 나의 여행 이야기들이, 진정한 여행의 기쁨을 깨닫고 산 경험을 쌓는 데 조금이나마 보탬이 되기를 바란다.

기억에 남는
인터뷰

CBS 라디오 '손숙의 아주 특별한 인터뷰'

[**손숙**] 오늘은 30여 년을 방송인으로 살다가, 우리나라 부부
배낭여행가 1호로 새로운 분야를 개척한 김현 선생님
을 만나려고 합니다. 김 선생님은 32년간 방송국에서
라디오 프로듀서로 사셨고, 명예퇴직 후 부부 배낭여
행가 1호가 되셨습니다. 지금까지 15년 동안 165개
국을 다녀오셨고, 우리나라에서 여행 자료가 가장 많
은 전문가로도 알려져 있지요. 40이 넘으면 자신의
얼굴을 책임져야 한다는 얘기가 있습니다. 김현 선생
님을 뵈면 '참 잘 늙어가는 분 중 한 분이구나!' 하는
것을 느낍니다. 안녕하세요, 선생님! 요즘도 여행 다

니시지요?

[김현] 그럼요, 요즘은 무엇보다 건강을 유지하려고 노력하고 있습니다. 여행의 필수조건이 건강이니까요.

[손숙] 우리나라에서 부부 배낭여행가 1호가 되신 사연 좀 들려주세요.

[김현] 가끔씩 절 아는 분들이 "방송국 생활을 더 할 수 있었는데, 왜 그만뒀느냐?"고 묻곤 하는데, 저는 여행가가 되겠다는 생각을 아주 오래전부터 했습니다. 직장을 다니면서도 늘 준비해 왔고요. 그래서 남들보다 2년 앞당겨서 명예퇴직을 했어요. 영어교사로 재직하고 있던 아내에게도 그렇게 하자고 했고요. 전에도 아내가 방학을 하면 같이 다니곤 했지만, 퇴직을 하면서 본격적으로 '부부 배낭여행가'가 된 것이지요.

[손숙] 여행들은 많이 하지만, 부부가 직장까지 그만두고 함께 여행한다는 것은 정말 특별한 일이잖아요?

[김현] 맞습니다. 저희는 저녁식사 후 산책하는 습관이 있어

서, 그날 있었던 일에 대해 산책하면서 이야기를 자주 나누는 편입니다. 특히 공통 관심사가 여행이기 때문에, 여행에 관한 대화를 많이 나누지요. 저는 프로듀서답게 기획을 하고, 먹는 거라든지 돈 문제 등등의 세세한 것은 아내가 맡습니다. 출발하기 전 여행노트를 꼼꼼하게 준비하는데, 이제는 아내가 더 잘할 정도입니다.

[손숙] 주변에서 굉장히 부러워하실 것 같아요. 부부가 여행을 다닐 경우, 장단점이 있을 것 같아요. 의견이 맞지 않아 싸우는 일도 있을 것 같은데, 어떠세요?

[김현] 아내와 저는 여행을 다니면서 '부부 배낭여행 10계명'이란 것을 만들었습니다. 그 첫 번째가, 배우자를 최대한 편안하고 기쁘게 해주자는 것입니다. 부부가 기껏 비싼 돈 들이고 귀한 시간 내서 떠난 여행인데, 서로 다툰다는 것은 어리석은 일이지요. 그래서 저희는 먹거리나 볼거리도 상대방이 원하는 것을 해주려고 노력해요. 그러다 보면 다툴 일이 많이 줄어들고, 어떤 면에서는 부부애가 더 돈독해진다고 볼 수 있지요.

[손숙] 10계명 중, 또 소개하고 싶은 것이 있으신가요?

[김현] 여행준비는 부부가 나눠서 하라는 것이 있습니다. 한 사람은 준비하고, 한 사람은 따라만 간다고 하면 의미가 없지요. 역할 분담을 하기 위해서는 여행준비를 충분히 하는 것이 필요한데, 10일 여행을 위해서 100일 이상 준비해야 합니다. 그리고 부부가 대화를 많이 나누는 것도 중요합니다. 서로의 의견을 듣고 얘기를 나누다 보면 여행계획이 여러 번 변경되고 수정되기도 하는데, 이 덕분에 더 좋은 여행을 하게 됩니다.

[손숙] 여행에서 가장 중요한 것은 건강과 돈이라고 하는데요?

[김현] 많은 사람들이 그렇게 생각하지요. 저희 부부의 경우에는 퇴직금 중 일부를 여행자금으로 따로 놔두었습니다. 그렇지만 그것 갖고는 충분하지 않기 때문에 언제나 아껴 쓰려고 노력합니다. 그러다가 돈 들이지 않고도 여행을 갈 수 있게 되었는데, 여행가로서의 관록이 붙다 보니 외국의 여러 나라 관광청에서 초청을 해

주어 무료여행을 할 기회가 자주 생긴 거죠.

[손숙] 오래 함께 산 부부가 손을 잡고 가는 뒷모습을 보면
가슴이 뭉클하면서도 그렇게 아름다울 수가 없지요.
부부 배낭여행가 1호로 살아가시는 김현 선생님 부
부의 모습, 정말 아름답습니다. 참 아들 둘을 두셨지
요? 두 아드님에 대한 '육아일기'를 쓰신 걸로도 유명
한데, 아드님 중 한 분은 신부님이 되셨죠?

[김현] 네, 예전에 〈여원〉이라는 잡지에 '아빠가 쓰는 육아일
기'를 연재했었죠. 아마 제가 좀 가정적이고 글을 쓸
수 있다고 생각해서, 부탁을 해왔던 것 같아요. 아이
들이 초등학교 다닐 때니까, 30년쯤 된 일이네요.

[손숙] 큰아드님이 신부님이 된다고 했을 때, 어떠셨어요?
가슴이 철렁하진 않으셨나요?

[김현] 저는 큰아들이 그렇게 결심했을 때, 참으로 감사했어
요. 초등학교 4학년 때부터 아들이 신부님이 되고 싶
어 했는데, 저희 부부는 성지에 갈 때마다 촛불을 봉

헌하면서 성직자로서 잘살기를 기도하곤 했지요. 성
직자는 본인도 원해야겠지만, 부모들도 간절히 기도
해야 되는 것 같아요.

[손숙] 성직자의 부모도 '반 성직자'가 되어야겠네요.

[김현] 아, 네. 저희 부부는 큰아들이 신학대학에 들어갔을
때, 그전까지 좋아하던 골프 같은 취미생활 등을 모두
그만두었죠. 아들이 성직자의 길을 가는데, 저희도 뭔
가를 희생해야겠다는 생각이 들어서였어요. 다만 여
행만큼은 예외였습니다.

[손숙] 사람들도 여행만큼은 충분히 이해하겠지요. 그러면
둘째아드님은 일가를 이루었나요?

[김현] 네. 결혼하여 아들 하나, 딸 하나 두었습니다.

[손숙] 선생님을 뵈면, 나쁜 생각이나 나쁜 짓은 한 번도 해
본 적이 없는 분 같으세요. 부부싸움을 해보신 적도
있으세요?

[**김현**] 그럼요, 서로 다투기도 하죠. 다만 저희는 아침에 눈 뜨면 감사하는 마음, 기쁜 마음, 여유로운 마음을 갖게 해달라고 기도합니다. 저는 아내가 협조자가 되어 준 것에 대해 늘 감사하게 생각하고 있습니다.

[**손숙**] 두 분에게 소중한 여행을 한마디로 정의해 주신다면?

[**김현**] 저는 '다름과의 만남'이라고 말하고 싶네요. 인종, 문화, 언어, 환경 등이 다르잖아요. 하느님이 만드신 인간들 사이에서 웃으면서 대하고, 악수하는 마음으로 대하면, 어디 가서든 기쁘게 지낼 수 있다고 생각합니다.

[**손숙**] 지금까지 몇 개국이나 다니셨어요?

[**김현**] 한 165개국 정도 됩니다.

[**손숙**] 정말 많이 다니셨네요. 그중 정말 이곳에서 살았으면 좋겠다고 생각할 만큼 아름답고 인상적인 곳은 어디였나요?

[김현] 그런 곳은 많죠. 캐나다 밴쿠버 앞바다의 빅토리아 시티 등은 누구든지 살고 싶어 하는 곳이라는 생각이 들더군요. 그러나 저는 그런 곳에서 살고 싶다는 생각은 별로 하지 않아요. 다름과의 만남이라고 하면 힘든 점이 있을 수밖에 없지요. 그런데 우리는 가까운 사람끼리 정을 나누면서 사니, 얼마나 좋아요. 역시 우리나라가 좋은 나라란 생각이 들어요.

[손숙] 선생님 말씀을 듣다 보니 여행은 '돌아오는 것'이란 생각도 드네요. 아직 못 가본 곳 중에서 꼭 가보고 싶은 곳은 어디세요?

[김현] 40여 개국 정도 가보지 못한 것 같네요. 일본처럼 한 나라를 60회 이상 간 곳도 있지만, 가보고 싶어도 가지 못한 곳이 있어요. 티베트가 대표적인데, 아내가 고지 공포증이 있어서 높은 곳에 가면 힘들어해서요. 서아프리카 중에서도 정세가 혼란하여 못 가본 나라가 몇 나라 있고요. 아, 북한도 있네요. 저희 나이도 있고 해서, 모든 나라를 가보려고 욕심을 내거나 일부러 무리하지는 않아요.

[손숙] 여행을 가고 싶어도, 건강이나 돈이나 일을 핑계 대며 떠나지 못하는 경우가 많습니다. 마지막으로 여행을 떠나고 싶어 하는 사람들한테 한 말씀 좀 해주세요.

[김현] 가실 기회가 되면, 미루지 말고 꼭 가십시오! 그리고 이왕이면 준비를 많이 하시고 가십시오! 그냥 허투루 다닌다면, 시간도 돈도 낭비하는 것이 될 테니까요.

[손숙] 여행을 자주 하시려면, 더 건강하셔야겠어요. 오늘 말씀 감사했습니다.

[김현] 네, 감사합니다. 손숙 씨도 좋은 방송 많이 하시기 바랍니다.

월간 여행지 Travie의 '함께여서 더욱 행복한 인생'
(정은주 기자)

2013년 3월, 아프리카 마사이마라

대한민국 '부부 배낭여행가' 1호. 이들 부부 앞에 붙은 호칭이 거창하다고 여겨지는가?

글쎄, 이들 부부를 만나 보면 그러한 마음은 아이스크림 녹듯 사라지고 만다. 20여 년간 부부가 함께 손 붙잡고 돌아다닌 나라만 165여 개국. 그간 모아온 자료들만 서재를 꽉꽉 채우고도 남는다. 마음까지 따뜻해졌던 이들 부부와의 즐거운 데이트!

국내 '부부 배낭여행가' 1호로 꼽히는 김현·조동현 씨 부부. 이들 부부와의 만남은 3개월 전 이사를 왔다는 수유역 부근의 아파트에서 이루어졌다. 초인종을 누르자 김씨 내외가 현관까지 나와 반갑게 기자를 맞는다.

"오시느라 힘드시진 않았어요?" 하며 따스하게 맞아주는 김

씨 부부. 환영 인사와 함께 부인이 칵테일을 만들어 내온다.

"아내가 예전부터 칵테일에 관심이 많았거든요. 손님들이 오면 이렇게 직접 만들어 내오기도 한답니다. 어때요, 맛은 괜찮나요?"

환갑을 훌쩍 넘긴 나이에 칵테일이라. 괜한 선입견으로 내심 놀라고 있는데, 와인이 곁들여진 점심까지. 로맨틱한 식사와 집안 곳곳을 장식하고 있는 수많은 기념품들은 이들 부부가 걸어온 '부부 배낭여행가'로서의 삶을 더욱 궁금하게 만들었다.

〈20여 년간 부부가 함께 165여 개국 돌아〉

"예전에 부부가 함께 해외여행을 다니지 못했던 시절이 있었어요. 혹시 아세요?"

김현 씨가 갑자기 기자에게 질문을 던진다. 하지만 전혀 금시초문인 이야기.

"그런 시절이 있었나요?" 하고 되묻자, "1989년부터 해외여행 자유화가 시작되면서 부부도 함께 출국할 수 있게 되었답니다. 그 전에는 부부가 함께 해외여행을 나가는 것이 금지됐었거든요. 저희 부부가 함께 배낭여행을 다니게 된 것도 그때부터죠."라며 설명해 준다.

그런 시절이 있었다니, 미처 몰랐던 사실에 기자도 놀랄 뿐이다. 해외여행 자유화가 막 시작된 1989년부터 부부가 함께 배낭여행을 다녔으니, 이만하면 '부부 배낭여행가 1호'라는 호칭을 붙여도 전혀 어색할 것이 없지 않은가.

1997년 7월, 알래스카 최북단 배로우

그간 부부가 함께 다닌 나라만 165개국, 세계 구석구석 안 가본 곳이 없다. 알래스카에 가서는 알코올 중독자로 전락한 에스키모들의 삶을 보고 안타까워하고, 북유럽 지역을 방문해서는 발레나 자수 같은 실내 활동들이 발달할 수밖에 없었던 이유 등을 몸소 느껴보기도 했다. 이뿐인가. 루마니아, 멕시코, 쿠바, 모로코, 포르투갈 등 여행 기자들도 가기 어려운 여행지들까지 두루 섭렵한 이력이 대단하다. 더욱 대단한 건 어디든 부부가 함께였다는 것.

지금이야 부부가 여행을 떠나는 것이 그다지 특별한 것이 못 되지만, 어디 당시만 해도 그러했겠는가. 더구나 94년부터 부부 모두가 본업에서 명예퇴직하고 본격적인 '배낭여행'을 시작했으니, 대단하다는 감탄사가 절로 입에서 흘러나온다.

〈우리 부부 제2의 인생은 '여행가'〉

"예전부터 제2의 인생은 '여행가'가 되어야겠다고 생각하고 있었거든요. 그전에도 여행 프로그램을 만들고, 여행관련 클럽이나 모임에서 활동하면서 여행 쪽에 관심을 두고는 있었죠. 그러다 94년에 은퇴를 하고 본격적으로 배낭여행을 시작하게 되었어요. 당시 아내는 서울여상 교도부장을 맡고 있었는데, 제가 함께 가자고 꾀어냈죠, 하하. 아내가 그러겠다며 따라나선 게 벌써 20여 년이 되어가네요."

아무리 잉꼬부부라지만 매번 함께 여행을 다니다 보면 가끔 다툼도 있지 않을까.

"사실 그런 질문 많이 받거든요. 함께 다니면서 싸우지는 않느냐, 어렵지는 않느냐면서 많이들 물어보죠. 하지만 저희는 절대 싸우는 법이 없어요. 평소에도 워낙 대화를 자주 하는 데다 여행이라는 같은 취미를 가지고 있다 보니 오히려 토론할 거리들이 더 많아졌죠."

김현 씨는 무엇보다 배우자의 입장에서 생각하는 것이 중요하다고 강조했다.

"내가 좋아하는 것이 아닌 상대방이 어떤 볼거리를 좋아하고 어떤 먹거리를 맛있어 하는지 늘 배려하는 마음을 갖고 있어야 한다."고 거듭 조언하는 그.

이들 부부가 제시하는 '부부 배낭여행 10계명'에는 부부가 여행 시 필요한 이야기들이 들어 있다. 이들처럼 부부 배낭여행을 꿈꾸는 이들이라면 한 번쯤 꼭 읽어보고 되새겨 보아야 할 것들이다.

⟨두 부부의 집은 여행 박물관?!⟩

부부가 여행을 다니면서 함께 집필한 여행 서적은 물론이고 그 동안 모아온 자료들만 해도 내용과 분량 면에서 그야말로 엄청나다. 서재 양쪽 벽면을 빽빽이 채운 여행 관련 책자들과 파일, 여행 노트들이 이들 부부가 걸어온 여행길을 대변해 주고 있다.

여행 책자만 1,600여 권, 오래전부터 스크랩해 온 신문기사와 각종 자료를 모은 파일들이 4만여 개에 이른다. 두 부부가 직접 기록한 여행 노트도 120여 개. 어떻게나 꼼꼼하고 가지런하게 정리해 놓았는지, 그 세심함에 입이 쩍 벌어질 정도다. 여기서 끝이 아니다. 여행을 시작하면서부터 빠짐없이 기록해 놓은 녹화·녹음테이프들과 슬라이드 사진들, 거기에 2,000여 점의 기념품들이 마치 여행 박물관을 떠올리게 할 정도다.

"은퇴하기 15년 전부터 죽 모아온 자료들이죠. 자료들이 유용하게 쓰이는 곳이 있다면, 언제든 기증할 생각입니다."

〈부부가 함께여서 더욱 행복한 인생〉

이전부터 숱하게 라디오와 TV에 출연하고 모 매체에 3년 넘게 여행칼럼을 기고하는 등 '부부 배낭여행가' 1호로서 톡톡히 유명세를 치르고 있는 그들. 이 같은 유명세는 이들 부부가 꾸준히 여행을 다닐 수 있도록 지원군이 되어주기도 했다.

관광청 등에서 부부를 초청해 여행을 다닐 수 있도록 지원해주고, 그 취재 기록을 TV나 라디오를 통해 소개하면서 여비를 절감했다. 하지만 이도 부부의 꼼꼼함과 부지런함이 뒷받침되었기 때문에 가능한 이야기.

현재 이들은 KBS 라디오와 평화방송에서 여행 관련 고정 코너를 맡아 많은 사람들에게 자신들의 여행 이야기를 들려주고 있다.

여행을 하면서 얻은 소중한 추억들을 더 많은 이들과 나누고 싶은 게 두 부부의 마음이다. 부부의 이름 끝 자를 딴 〈2Hyuns' Travel Club〉은 1년에 몇 차례 세계 각지로 여행을 떠난다. 올해는 일본 오키나와와 동유럽, 이스라엘 성지 순례 등을 다녀올 계획이다.

김씨 내외는 "좀 더 젊었을 때에는 오지 같은 곳도 가고 그랬는데, 이제는 기력이 떨어지는지 그런 곳은 가기가 힘들어요." 하며 아쉬운 마음을 내비치기도 한다.

"우리와 다른 문화를 접하고 사람들을 만난다는 것, 인생을 더욱 풍요롭고 아름답게 만들어주는 게 여행이 아닐까 생각합니다. 더구나 부부가 함께 같은 길을 걸어갈 수 있으니 얼마나 행복합니까. 이런 좋은 시간들, 기회들을 가질 수 있다는 것에 늘 감사하며 살고 있죠."

오늘도 두 부부는 설레는 마음을 안고 길을 떠날 채비를 하고 있다. 이들 부부의 모습은 어쩌면 많은 이들이 꿈꾸는 '인생의 로망'일는지도 모른다.

(이후 우리 부부는 삶을 잘 정리하려는 마음으로 실버타운에 입주하면서, 소장하고 있던 책과 여행 자료들을 총 세 군데에 나누어 기증했다. 첫 번째는 영종도에 건립 예정인 김찬삼 세계여행박물관으로, 3천 권의 여행 책과 슬라이드·사진·비디오테이프 등의 40박스 넘는 여행 자료를 기증했다. 두 번째는 이석은 수사님이 원장으로 계시는 인천 부평의 샤미나드 노인요양소로, 이곳에 3천 점 이상의 여행 기념품을 기증했다. 마지막으로 전문 서적(고서) 등은 고려대학교 국문학 연구실에 모두 기증했다. 모쪼록 우리 부부

가 수십 년간 소중히 모아왔던 책과 자료, 기념품들이 더 유용하게 쓰였으면

하는 바람이다.)

Chapter 2
70세까지 살아온 이야기

방송과 함께한
50년의 삶

할머니와 방송국

 내가 일찍이 방송과 인연을 맺게 된 것은 당시 저명인사였던 할머니의 영향이 컸다. 신여성이었던 할머니는 그때 이미 아들 내외와 떨어져 살 정도로 인식이 앞선 분이었다. 신식 교육을 받은 선각자라 할 만했는데 경기여고를 졸업하고 일본에서 대학을 나온 엘리트였고, 여성 선각자로 뛰어난 활동을 보인 박순천, 임영신, 황신덕 선생 등과 친구 사이였다.

내 기억으로는 방송국에서 할머니에게 출연 요청을 자주 했었는데, 그때마다 할머니를 귀빈용 차로 모셔 갔었다. 이 점만

보더라도 할머니의 위상은 짐작할 만한 일이었다.

1986년, 아시안 게임 훈장 수상
KBS 연수실장 당시 올림픽에 종사
할 직원 320명의 훈련 총책임 공로
로 받음

나는 종종 할머니를 따라 방송국에 놀러 갔다가, 할머니가 스튜디오에서 방송을 하는 동안 밖에서 기다리곤 했다. 그것이 잠재적인 영향을 끼쳐, 아마 내가 방송인으로서 오랫동안 일할 수 있게 된 것인지도 모르겠다.

할머니는 할머니이기 전에 내게 아주 엄격한 교육을 시킨 교육자이기도 했다. 당신은 모든 자리에서 꿇어앉게 하는 등 예절 문제에 아주 엄하였고, 언제나 존댓말을 쓰게 했다. 나는 두말없이 그 교육을 받아내야 했다.

무척 엄한 편이었지만 귀여운 손자에게는 어쩔 수 없는 할머니이기도 해서, 사실은 과보호한 측면도 많았다. 특히 부엌 같은 곳엔 일절 들어가지 못하게 했고 손에 물을 묻히지 못하게 했으니, 나는 책만 열심히 보면 되는 귀공자 대접을 받고 자란 셈이었다.

지금도 전기 배선 같은 것이 어떻게 이루어졌는지도 모르고, 두꺼비집 같은 것에는 손도 못 댄다. 이런 점이 바로 책만 보면 모든 것이 해결되었던, 할머니의 과보호의 단면일지도 모른다고 생각하면 좀 멋쩍어진다.

할머니는 안타깝게도 6·25 때 납북됐다. 내가 6학년 때였다.

할머니가 납북된 후 나는 아버지와 어머니 품속에서 자라게 되었는데, 그것은 이를테면 새로운 교육 시스템으로 편입되었음을 뜻하는 것이었다. 그러니까 나는 할머니에게서 아버지에게로 갑작스럽게 교육 주체가 옮겨진 혼란과 6·25의 혼란을 함께 겪은 셈이다.

더없이 훌륭한 스승이었으며 더없이 인자했던 할머니가, 지금도 보고 싶다.

초대 모니터 시절

그 후 내가 방송과 연을 맺을 수 있었던 계기는 '초대 모니터'에 선출된 일이다. 고려대 1학년일 때 오재경(吳在璟) 공보실장이 열의를 가지고 창설한 방송문화 연구실에서 '방송 모니터 제도'를 마련하고 제1기 모니터를 공모한 적이 있었는데, 운 좋게도 내가 뽑힌 것이다. 당시의 모니터들은 훗날 우리 사회의 쟁쟁한 인사들이었다. 한국일보 정치부장과 국회의원을 지낸 이영희 여사를 비롯하여 음악평론가 이상만 씨, 전 서울대 신방과 교수 이상희 씨, 방송평론가 윤병일 씨 등이다.

유일한 재학생 모니터였던 나는, 당시 서울신문 문화부 차장이었다가 훗날 서울신문 사장이 된 신우식 씨의 눈에 들어, '델스타'란 필명으로 매주 한 번씩 서울신문에 방송비평을 발표할 수 있었다. 그때는 방송비평이라는 것이 전무했기 때문에, 나는 내심 내가 최초의 방송비평을 발표하지 않았나 생각하고 있다.

한마디로 '방문연'은 고은정 씨, 김소원 씨, 구민 씨, 오승룡 씨 등 연기자들이 자주 얼굴을 내밀 만큼 유명세를 치른 곳이었고, 미래의 유명 인사들이 그 잠재력을 발휘할 수 있는 터전이기도 했다.

지금 생각해도 나의 고려대 시절은 참 화려했던 것 같다. 젊은 혈기를 쏟아낼 창구가 있었으니 젊은이에게 그보다 더 좋은 일이 있을까. 그러나 그 시절은 젊은 혈기를 문화에만 쏟을 수 있을 만큼 한가한 시대가 아니었다. 대학생들이 학업에만 전념

할 수 없는 정치적 시련기였기 때문인데, 마침내는 4학년 때 4·19가 터졌고, 그 와중에 던져진 내 역할 또한 외면할 수 없었다.

다들 아는 얘기일 수 있지만, 4·19의 성공 배경은 4월 26일 대학교수단의 시위가 큰 지렛대 역할을 했다. 교수들이 서울의대 '함춘원'에서 회의를 열었을 때, 당시 모임에서 동분서주하던 분이 바로 고대 신문방송학과 오주환 교수(작고)였다.

그때 오주환 교수님이 인천일보의 전무이사를 지낸 이중흡 군(작고)과 나에게, "동대문시장에서 광목을 사다가 플래카드를 만들고 그곳에 '전국대학교수단'이라고 쓰라."고 지시했다.

나는 이중흡 군과 함께 부랴부랴 잉크병을 든 채로 붓을 빌리려고 대학본부로 갔다. 그런데 직원들이 이상하게 여기고 붓을 빌려주지 않는 바람에, 붓 대신 두루마리 종이로 글씨를 써 넣었다. 이중흡 군은 두루마리 종이를 사용해도 멋들어질 만큼 글 솜씨가 뛰어났다.

그때 교수 중 한 분이 플래카드에 "학생들의 피에 보답하자."는 글씨를 추가로 써넣었고, 그 내용까지 들어간 플래카드를 앞세우고 교수들의 시가행진이 벌어지게 되었다.

또 한 가지, 나에게는 더 각별한 사연이 있다.

이승만 대통령이 하야하게 됐을 때 그야말로 치안은 엉망이었다. 하야(下野)를 발표한 대통령이 제대로 이화장으로 들어갈 수 있을지 걱정될 상황이었던 것이다. 그래서 나는 2년 후배인 김재원(여원사 사장 역임) 군과 함께 '이승만 대통령이 무사히 이화장으로 돌아가게 해야 한다'며 이승만 박사의 하야 길을 도왔다.

나중에 이승만 대통령이 이화장으로 들어가고 났을 때 보니, 어떤 사람이 지프차 위에 올라가 "이 박사를 다시 모시자."고 외치는 진풍경을 연출하고 있었다. 그때 김재원 군이 그를 끌어내렸던 일도 기억난다.

그 뒤로 사회가 얼마나 어지러웠는가는 말하나 마나인데, 하루는 경교장(백범 김구가 환국 후에 머물러 살다가 암살된 곳)이 약탈당했다는 얘기를 들었다. 그 얘기를 듣고 달려가 보니, 도둑이 그야말로 10억대의 금품을 훔쳐 달아나고 있었다. 그때 안간힘을 다해 도둑을 잡아 경찰에 인계한 기억도 새롭다. 또 고대가 중부경찰서 관할을 맡아 치안을 유지하고 있었는데, 나는 명동 지역을 맡아 명동파출소장 역할을 했던 기억도 난다.

이런 가운데 혼란이 가라앉지 않자, 학생 대표들이 방송에 나와 시민들을 진정시키라는 요청이 들어왔다. 학생위원장이었던 이세기, 이기택 군 등과 함께 나는 기독교방송국으로 갔다. 당시 감의도 국장(미국인 선교사)이 원고 작성과 녹음 테스트를 거친 후 나를 지목하는 바람에, 직접 녹음을 했던 기억도 생생하다. 며칠 동안 이 방송이 3분 간격으로 나갔기 때문에, 내 목소리는 꽤 유명세를 탔었다.

이렇게 기억의 편린들을 모아보면, 아마도 나에게는 방송과의 인연이 여러 갈래로 뻗어 있었던 것 같다.

400대 1의 여원사와 KBS 합격

나는 57학번이므로 61년에 졸업 예정이었다. 그런데 졸업 직전에 군대부터 가게 되었다.

당시 군대 복무기간은 3년이었고, 대학생의 경우 1년 6개월만 복무하면 전역의 혜택을 주던 학보병 제도란 것이 있었다. 때마침 이 학보병 제도가 없어진다는 이야기가 돌아서, 부랴부랴 군대부터 가기로 결정했던 것이다.

61년 2월 16일 소위 빵빵(○○) 군번의 군대생활을 시작하게 되었다. 논산훈련소에서 0024151 군번을 부여받고 전·후반기 훈련을 받았다. 훈련을 끝마치고 부대 배치를 위해 용산역을 경유하면서, 5·16이 일어났다는 것을 알았다. 나는 3사단으로 가게 되었고, 이때 동행했던 125명을 대표해서 전입신고를 한

다음 22연대 8중대 최전방에 배치됐다. 이곳에서 시멘트 부대를 메고 최전방 고지까지 나르는 일을 하는 등, 그야말로 군대가 얼마나 고생스런 곳인지를 체험했다.

하지만 18개월 내내 고생하지는 않았다. 전입신고를 할 때 나를 좋게 기억했던 배치 담당 선임하사가, 사단 본부의 방첩대로 옮겨 근무하도록 뒤를 봐주었기 때문이다. 나에게는 방첩대 대장 숙소의 당번병 임무가 주어졌는데, 방첩대 대장은 자기 딸의 가정교사 역할까지 맡겼다. 무남독녀 외동딸이었던 그 아이는 내가 가르친 후 반에서 2등을 했다. 이것이 소문나서 다른 사단사령부 참모들의 아이들도 여럿 가르치게 되었고, 그때 받은 수고비(?)로 탕수육이나 자장면을 사먹기도 했다.

어쨌든 이후로 나는 부대에서 갖가지 신문을 정독하는 등 시쳇말로 군대 복이 좋은 세월을 보낼 수 있었다.

나는 군 제대 후 한 학기를 마쳐야 졸업을 할 수 있었다. 제대한 지 일주일쯤 됐을 때 친구가 취직시험을 치자고 권유해서 도전해 보기로 했다.

당시 잡지사 중에서 가장 성가가 높았던 여원사(女苑社)와 KBS를 택해 시험을 쳤다. 여원사는 무려 400대 1의 경쟁률이었다. 운 좋게 두 곳 다 합격했는데 놀랍게도 KBS 시험에서는 수석을 차지했다. 둘 중 어느 곳으로 갈 것인지, 두 개의 떡을 놓고 행복한 고민을 하게 된 것이다. 나는 숙고 끝에 KBS에 입사하기로 결정했다. 이것이 50년 동안 방송인으로 인연을 갖게 된 직접적인 계기가 되었다.

군대에서 갓 제대한 내가 KBS 입사시험에서 수석을 차지할 수 있었던 배경에는, 은인이 한 사람 있었다. 바로 나의 아버지인데, 아버지는 내가 군대생활을 하는 동안 한국일보를 일주일 분량씩 보내주셨다.

별로 읽을거리가 없는 군대 형편이었기에 나는 보초를 서면서도 달빛을 등불삼아 아버지가 보내주신 신문을 샅샅이 읽었고, 그 신문 읽기는 입사시험에 큰 보탬이 될 수밖에 없었다. 일주일 간격으로 날아온 신문들을 얼마나 세세하게 읽었던지, 당시 한국은행과 대만 양우(良友)팀의 여자 농구선수 이름은 물론 스코어까지 달달 욀 정도였다.

방송문화연구실과 국제방송국 기획실, 그리고 동양방송

KBS에 입사하여 처음으로 배치 받은 곳은 방송문화연구실이었다. '방문연'으로 줄여서 부르는 방송문화연구실은 당시 엘

리트의 집결지라고 해도 과언이 아닌 부서였다.

　이곳 연구원으로 배치돼 내가 맡은 일은 월간지 〈방송문화〉의 편집이었다. 방송국 입장에서는 고등학교 때 교지(校誌)를 만드는 등의 활자 매체 경험이 있는 나를 적임자라고 판단한 것 같았다. 나는 한동안 전파 매체가 주를 이루는 방송국에서, 왜 활자 매체를 맡아야 하는가 싶어 투덜거리기도 했다.

　그런데 나중에 알고 보니 나의 투덜거림은 잘못된 것이었다. '방문연'에서 일한다는 것은 한국 방송의 역사는 물론 세계 방송의 전반적 흐름을 파악할 수 있는 가장 좋은 기회였기 때문이다. 이와 더불어 '방문연'에 있을 때 현재의 '아시아태평양방송연맹'(Asia-Pacific Broadcasting Union, 약칭 ABU, 아시아방송연맹 또는 아시아방송연합이라고도 한다)의 전신인 'ABC'(Asia Broadcasting Conference)의 창설 과정에서 심부름꾼 역할을 했던 것도 잊을 수 없는 기억이다.

　그 후에는 국제방송국 기획실로 옮기게 되었다. 노정팔 방송관리과장이 승진해 초대국장을 맡게 되면서 나도 따라가게 된 것이다.

　젊은 시절에는 더 좋은 직장에 대한 유혹에서 결코 자유로울 수 없다. 내가 국제방송국 기획실에 근무할 때, '라디오 서울(동양방송)'이 생기면서 그곳에 창사 준비 팀이 출범하게 되었다.

이른바 월급이 3배가 되는 민간 방송국에 스카우트되는 계기가 된 것이다.

민간 방송국인 동양방송의 창립사원으로 자리를 옮겼을 때 나는, 편성 업무와 함께 1기생들을 뽑아 교육시키는 연수 책임자 일을 맡았다. 그때 라디오 1기생들은 지금 내로라하는 명사들로 성장해 있다. 당시에는 내가 그들의 지도를 담당했지만, 알고 보면 1기생들은 나와 나이가 같거나 오히려 나이가 많았다. 하지만 교육생들은 언제나 "선생님, 선생님!" 하면서 내게 호칭을 써서 한편으론 곤혹스럽기도 했다.

당시 연극계의 선배님인 이기하 씨가 제작2과장으로 있었는데, 선배님은 대학 시절 나와 연출과 조연출자로 호흡을 맞췄던 것을 기억하고는, 나를 자기 부서로 데리고 가고 싶어 했다. 하지만 나는 극구 반대했다.

선배님 입장에서는 섭섭했을지 몰라도 나에게는 그럴 수밖에 없는 까닭이 있었다. 내가 대학 시절 연극에 몰입하고 있을 때, 아버지가 경영 책임자로 계셨던 한국 최초의 TV국인 HLKZ 방송국에 화재가 발생하여, 우리 집안도 살림이 어려워지는 일이 생겼다. 이 때문에 나는 아예 연극에 대한 미련을 끊기 위해, 연극 공연이 있는 곳을 일부러 피해 먼 길로 돌아다녔다. 연극을 몹시 사랑하던 사람이 연극 공연장을 빙빙 돌아다니는 심정이 오죽했을까. 그런 상처 때문에라도 나는 이기하 과장의 애정을 뿌리칠 수밖에 없었다. 내가 연극을 다시 보기 시작한 것도 최근 몇 년 사이의 일이니까, 그 상처가 얼마나 오래갔는지 짐작할 수 있을 것이다.

잊을 수 없는 KBS 라디오 프로그램 '오후의 로터리'

나는 개인적으로 프로듀서를 하게 될 경우, 사회 교양 쪽이 프로듀서로서의 최고봉이라는 생각을 가지고 있었다.

내가 훗날 다른 PD에 의해 제1회 방송대상을 받은 '라디오 재판실'의 초대 프로듀서를 하게 된 것도 그런 이유에서 출발한 것이고, 나중에 운전기사 대상의 '가로수를 누비며'를 맡게 된 것도 그런 연장선상에서 비롯된 일이었다.

청취자들의 반응에 따라 그 운명이 결정되는 파일럿 프로그램(Pilot Program)의 초대 프로듀서 역할도 많이 했는데, 결과는 대성공으로 이어졌다. 나는 행복하게도 여러 장수 프로의 프로듀서를 한 셈이다.

내가 프로듀서로서 자부심을 가지고 있는 것은, 내 이름을 걸고 만든 여러 가지 프로그램이 청취자의 사랑을 받았기 때문이다. 그중에서도 동양방송에서 근무하다 다시 KBS로 돌아와 제작한 '오후의 로터리'라는 프로그램에 대해서는 할 얘기가 많다.

이 프로는 일본의 NHK가 방송한 '고고노 로터리'에서 이름과 아이디어를 얻은 것이다. 일본에서 한낮에 매일 세 시간씩 생방송으로 방송된 이 프로가 그야말로 엄청난 인기를 얻게 되자, KBS에서도 이와 유사한 프로그램을 만들기로 하고 '오후의 로터리' 프로듀서로 누가 가장 적당할 것인가를 놓고 꽤 많은 고심을 했다. 확신이 서지 않자 나중에는 방송국 출입기자들을 상대로 "누가 적임자인가?"에 대해 탐문까지 했다고 하는데, 그 결과 동양방송에 있던 내가 낙점된 것이다.

방송 일주일을 남겨놓고 이 프로의 프로듀서로 결정되었다는 통보를 받았을 때, 나는 1분 1초도 아까워서 동분서주했다. 일요일까지 포함해서 매일 세 시간이나 방송되는 이 프로를 일주일 만에 준비한다는 것은 참으로 힘든 일이었다. 아무에게도 얘기하지 않은 채 아이디어 수집을 위해 도서관에 파묻히기도 했는데, 내가 자취를 감추자 동료들이 나를 찾기 위해 방송국 전체를 뒤지는 등 에피소드도 적지 않았다.

진행자를 선정하는 일 역시 이 에피소드 중 하나였다. 나는 방송국의 아나운서들 목소리를 일일이 체크한 결과, 남자 진행자를 최승빈 아나운서로 정했다. 베테랑이었던 그는 어떤 경우에도 당황하지 않고, 여유 있게 프로그램을 엮어가는 솜씨가 일품이었다. 여자 진행자는 청주 지방 방송국에서 본사로 올라온 지 얼마 되지 않은 박찬숙(전 국회의원) 아나운서로 낙점했다. 이때만 해도 박찬숙 아나운서는 지방에서 갓 상경한 새내기였는데, 내가 그녀를 처음 보았을 때 포부와 함께 흘러나오는 아우라가 굉장했기에 '아, 이 사람이라면 가능성이 있겠다.'고 생각해 단박에 결정을 내리게 되었다.

여러 가지 에피소드 중 특히 기억에 남는 것은, 반송용 엽서(수신 카드) 10만 장을 만들어 프로그램 홍보전을 전개했다는 것이다. 방대한 엽서를 제작하여 미용실을 비롯한 사람들이 많이 모이는 곳에 집중 배포토록 하고, 퀴즈를 맞히는 사람들에게 푸짐한 상품이 제공되도록 입체적인 작전을 폈다. 이런 시도는 우리나라 방송국에서는 최초로 시도한 홍보전이었다.

나를 추천했던 기자들도 이 프로그램을 홍보하는 데 많은 도움을 주었다. 그런 탓인지 이 프로그램은 방송된 지 한 달 만에 청취율 1위를 차지하게 되었고, 장관상을 위시하여 상이란 상은 다 타는 계기가 되었다.

나중에야 당시 경쟁 방송국이었던 DBS의 최창봉 국장이 제작부서 직원들에게 '오후의 로터리' 프로그램을 모니터하라고 지시했다는 얘기를 들었다. 사실 이 프로는 명칭만 바뀌었을 뿐 지금도 존재하고 있는 것이나 마찬가지이니, 내가 이 프로그램에 크나큰 애정을 가지고 있는 것은 당연한 일이 아닐까 싶다.

그밖에 기억나는 프로그램들로는 한때 아침나절이면 버스든 택시든 가정이든, 라디오만 틀면 흘러나오던 '안녕하십니까, ○○○입니다'를 들 수 있다. 내가 처음으로 맡았던 프로그램이었고, 이어령 교수 등이 출연한 재판 재연 형식의 프로그램이던 '라디오 재판실' 역시 내가 처음 만든 프로그램이었고, 내 뒤를 이어 받은 사람이 제1회 방송대상을 타기도 했다.

또 하나 기억에 남는 프로그램은 '이런 세계도 있다'인데, 사회 곳곳에 숨겨진 여러 가지 이색적인 이야기들을 찾아내 세상에 소개하는, 최초의 다큐멘터리 프로그램이었다. 당시 파고다 대학, 용주골, 안양 라자로 마을, 명도원 등등의 수많은 명소를 발굴해 내 특종상을 받기도 했다.

이렇듯 나는 지금까지도 사회 교양 프로그램 프로듀서를 최고의 가치로 여겼던 내 가치관에 대해, 자부심과 긍지를 가지고 있다.

32년간의 라디오맨

오랫동안 방송국에서 일한 사람으로서 그쪽 얘기를 하려면 한도 끝도 없을 것이다. 그런데 한 가지 재미있는 것은 내가 잠시 외도를 한 적이 있다는 점이다.

그 첫 번째는 사업을 벌였던 일을 뜻하는데, TBC를 그만두고 나와 '허니문 센터'라는 회사를 차려 운영했었다. 지금으로 얘기하면 신혼여행 예약 등을 해주는 결혼 이벤트 사업이라고 할 수 있다. 솔직히 얘기하면 나는 이 사업에서 성공하지 못했다. 아마도 성공했더라면 나는 방송에서 일할 기회를 다시는 잡지 못했을 것이다.

두 번째 외도란 텔레비전에서 일한 경험을 말한다. '오늘의 화제'란 프로그램이 있었는데, 이 프로의 팀을 구성해 기획과 연출을 맡았었다. 라디오맨으로서는 텔레비전 쪽 일을 한 것도 일종의 외도가 아닐까 싶다. 이 같은 외도는 내게 유형무형의 장단점으로 작용한 게 사실이었다.

그 후 KBS로 돌아와 일하는 데 있어 꽤 아쉬운 감을 가지고 있었다. 나는 '오후의 로터리'를 맡아 하면서도 직급 같은 것에는 무심한 편이었다. 프로듀서란 궁극적으로 어떤 프로를 어떻게 만드는가에 그 성공과 실패가 달려 있다고 생각했기 때문이다.

나는 사무관인 계장으로 일하고 있는 입사 동기와 봉급만 같으면 된다는 입장이었다. 그런데 나중에 KBS가 공사로 전환될 때 보니, 입사 동료들은 계장이었기에 부장으로 직급이 매겨졌고, 임시직이었던 내게는 차장은커녕 어떤 직급도 주어지지 않았다. 그때 나는 완전히 공중에 뜬 기분이었다.

결과적으로 내가 '오후의 로터리'라는 프로그램을 맡게 되어 다시 KBS로 가게 된 것이 프로듀서로서의 영광을 누리게 해주었지만, 한편으로는 동료들보다 진급이 훨씬 늦어지는 인생의 쓴맛도 맛보게 해주었다.

이런 과정 중에 좋은 직급을 따기 위해 사업부에 가서 일하기도 했다. 이곳에서 나는 부서 이름 그대로 '사업'을 많이 창안해서 창설했다. 'KBS 육상', 'KBS 체조', 'KBS 아이스하키', 'KBS 레슬링' 등을 기획해 사업화했다. 'KBS 씨름'도 이때 만들어진 것이다. 이밖에도 'KBS 가곡의 밤', 'KBS 오페라 아리아의 밤' 등도 만들었다.

특히 이때 만들어진 씨름 프로그램 덕분에 우리나라 씨름의 대중화가 촉진되지 않았나 싶어, 꽤 자부심을 가지고 있는 편이다.

훗날 방송연구실장을 맡았을 때는 두 가지 면에서 큰 보람을 느꼈다.

한 가지는 IBS라는 국제방송인회의를 조직해 국제방송인회의의 창립 실무 책임자 역할을 했다는 점이고, 또 한 가지는 외국 방송인들을 초청하여 벌이는 국제방송 워크숍에서 강의도 하고 교육 책임을 맡기도 했다는 점이다.

당시에는 프로듀서 입장에서 외도라고 할 수 있는 이런 업무들이 좀 낯설었지만, 지금 생각해 보면 그만큼 다양한 경험 역시 인생에 있어 매우 소중했다는 것을 깨닫게 된다.

또 한 가지 방송계 일을 하면서 특히 기억에 남는 일은, 내가 〈KBS 라디오 활성화 방안〉이란 거창한 제목의 논문을 썼다는 점이다. 이 논문은 연세대 언론홍보 대학원 졸업 논문으로 쓴 것이다. 내가 이 논문에 대해 각별한 애정을 가지고 있는 것은, 당시에도 반향이 컸지만 지금도 이 논문이 방송계 후배가 될 인재들의 교재로 쓰이고 있기 때문이다.

퇴직했어도 여전히 방송인

방송국에서 일하면서 느꼈던 보람은 비단 회사 업무에만 국한되지 않았다. KBS가 남산에 있었을 때 일인데, 한번은 알아보니 가톨릭 신자가 불과 5명밖에 되지 않았다. 같은 종교를 믿는 신앙인으로서 친목을 도모해야지 싶어 알아본 것인데, 실제로 5명밖에 되지 않아 무척 충격적이었다.

나는 그날 이후부터 KBS가 여의도로 옮겨간 후에도, 가톨릭 교우를 많이 만들고 싶어 여러 가지 아이디어를 짜냈다. 'KBS 가톨릭 교우회'를 만든 것은 물론, 700명을 수용할 수 있는 큰 식당에서 식사 때마다 성호를 긋는 모습을 보여주어 숨어 있는 신자들을 찾아내려 애를 썼다. 점심시간에는 꼭 복도에 먼저 나가 있다가 식사하기 위해 사무실을 나서는 신자들에게 "이번 주에는 무슨 무슨 모임이 어디 어디에서 있으니 꼭 나오라."고 전해 주었다. 또한 신자인 사우들의 본명 축일을 맞으면 꼭 전화를 해서 축하해 주었다.

그렇게 해서 신자가 늘기 시작했고, 내가 초대 교우회장을 그만둘 당시에는 100여 명 정도로 그 세가 크게 불어났다. 현재 다른 어느 직장 교우회보다도 왕성한 활동을 펼치고 있는 'KBS 가톨릭 교우회'의 발전된 모습을 지켜보는 것 역시 나에게는 아주 흐뭇한 일이다.

회고하건대 나는 새로 만들어지는 파일럿 프로그램의 초대 프로듀서를 많이 맡는 영광을 누렸고, 그 프로그램들이 좋은 평가를 얻어 상도 많이 탈 수 있었으니, 행복한 방송인 생활을 했다고 정리할 수 있다.

방송인으로서 방송계에 도움이 되는 논문을 발표한 것도 흐뭇한 일이었고, 프로듀서만 맡고 있었으면 미처 몰랐을 일들까지 경험해 보았으니, 그것이 다 결과적으로는 약이 되었다고 여겨진다. 그러므로 나는 행복한 사람이다.

나는 라디오맨으로서 프로듀서 생활을 32년 동안 하면서 한 가지 꿈을 가지고 있었다. 은퇴 후 여행가가 됐으면 하는 바람이었다. 돈을 벌어서 여유 있게 한가한 여행을 하는 것이 아니라, 여행에 대한 각종 정보를 객관적으로 수집하고 분석해서 다른 이들에게 여행의 참맛을 알려주는 여행가가 되고 싶다는 것이 나의 꿈이었다.

그래서 나는 회사에서 명예 퇴직제를 실시한다는 얘기를 듣고는 제일 먼저 '명퇴'를 신청했다. 여행 선배 한 분의 "정년을 채우고 58세에 나와서 여행가 활동을 하게 되면 이미 늦을 것이니 용단을 내리라."는 충고를 가볍게 들을 수 없어서였다.

물론 방송사를 그만두었다고 해서 완전히 방송과 인연을 뗄 수는 없는 일이다. 나는 지금 프로그램만 만들지 않을 뿐 여전히 현역이라는 생각을 가지고 있다.

그래서 방송국 재직 중 발기인으로 참여해 설립한 '여의도 방송인 클럽'의 창립 멤버로서 상임부회장 및 사무총장으로 활동하기도 했고, 노장 방송인들의 친목 모임인 '한국 방송인 동우회(방우회)'의 부회장을 맡아 방송의 발전에 대한 토론도 하고 방송인들 간의 친목을 도모하기도 했다.

또한 자주 출연자 자격으로 방송사를 방문했다. 매주 토요일마다 아내와 함께 평화방송(PBC)-라디오의 '함께하는 FM 오후 3시'에 출연하여 세계의 성지와 여행에 대한 유용한 정보를 전한 바 있고, KBS-라디오 프로그램에 고정적으로 출연하기도 했다. 그리고 KBS-TV의 '세계는 넓다' 프로그램을 통해 우리 부부가 함께 다녀온 세계 각지의 풍물을 소개하기도 했다. 이처럼 방송사와의 인연은 현재진행형으로 계속되고 있는 셈이다.

제2의 인생, 프로듀서에서 여행 연출가로!

나는 1994년에 정년을 2년 앞두고 명예퇴직 제1호가 되었다. 그때 많은 사람들이 족히 몇 년은 더 다닐 수 있는데, 왜 명예퇴직을 선택하느냐고 묻곤 했다.

비교적 나는 앞을 준비하며 산다고 자부하는 편이다. 그래서 직장생활을 할 때에도 은퇴하면 뭘 할까에 대해 늘 염려했다. 걱정이 아닌 즐거운 염려였다.

그 결과 은퇴하기 15년 전쯤부터 제2의 인생을 여행 연출가로 살겠다고 결심했다. 그것도 단순히 여행만 다니는 여행가가 아니라, 좀 더 알뜰하면서 유익한 여행을 기획하고 준비하고 연출하는 '여행 연출가'가 되고자 했던 것이다. 어찌 보면 오랫동안 라디오 프로듀서로 맡은 바 책임을 다해 왔던 나로서는 당연한 선택이었다.

명예퇴직과 관련하여 한 가지 기억에 남는 일이 있다. 당시에는 회사에서 퇴임식을 열어주었는데, 다소 엄숙할 수밖에 없는 퇴임식 자리에서 유일하게 나만 싱글벙글 웃고 있었다는 것이다. 이 때문에 사람들 사이에서 두고두고 회자되었다고 하니, 지금 생각해도 슬그머니 웃음이 난다.

그러므로 내가 명예퇴직을 선택한 것은 마지못해 직장생활을 정리한 것이 아니라, 또 다른 인생을 살기 위한 새로운 출발선이었던 셈이다.

실제로 퇴직 후에 나는 당장 여행가로 살겠다는 결심을 실행으로 옮겼다.

더욱이 여행가가 되어도, 한국 최초의 무언가가 되고 싶었다. 어떤 분야에서든 첫 번째라는 애기가 듣고 싶었던 것이다. 앞에서도 잠시 언급했지만 해외여행 하면 자연스럽게 김찬삼 교수님을 떠올리던 시절이었다.

나도 그분처럼 세계의 여러 나라를 돌아보고 싶었고, 또 한편으로는 그분과는 차별화되는 여행을 함으로써 한국 최초의 무언가가 되고 싶었다. 거기에서 착안한 것이 부부가 함께 떠나는 배낭여행이었다.

그때부터 서울여자상업고등학교 영어교사로 재직하고 있던 아내를 설득하여 젊은이들의 전유물이라고만 여겼던 배낭을 메고, 우리 부부만의 독창적인 방법으로 세계 각지를 여행하기 시작한 것이다.

그러나 이 모든 것이 결코 쉽게 얻어진 것은 아니었다. 나는 퇴직하기 15년 전부터 여행 연출가로서의 삶을 준비해 왔고, 심지어는 출장을 갔을 때도 기념품 대신 여행과 관련된 자료들을 구해 올 정도였다. 그렇게 하나둘씩 모아놓은 자료들을 아내와 함께 분류하고 분석하여 정리하는 등, 정말이지 오랜 시간 동안 정성과 노력을 기울인 결과였다.

이 덕분에 내 희망대로 한국 최초의 '부부 배낭여행가 제1호'

라는 호칭까지 얻게 됨과 동시에 제2의 인생을 여행 연출가로 살게 되었으니, 퇴직하기 전에 내가 준비하고 꿈꾸었던 일들이 대부분 실현된 셈이다. 특히 우리 부부 이후로 젊은이들뿐만 아니라 나이가 지긋하신 분들도 배낭여행을 다니게 되었다고 하니, 이 또한 무척 보람과 긍지를 느끼는 점이다.

〈대한언론인회, 『언론인의 길』〉

교직생활 33년의
시작과 끝

인생의 길잡이가 되어주셨던 부모님

나는 8남매의 다섯째로 태어났다. 4남4녀 중 제일 맏이가 언니였고 그 밑으로 오빠 셋과 남동생, 여동생 둘이 있다.

아버지는 휘문고등학교를 나와 세무공무원으로 일하셨는데, 지금도 잊을 수 없는 것은 공무원인 아버지를 따라 초등학교 때부터 전학을 무척 많이 다녔다는 점이다. 초등학교만 5군데를 다녔고, 중학교 2군데, 고등학교 2군데, 총 9번을 전학 다녔다. 그래서 내 학창시절 기억에는 부평초처럼 떠돌았던 기억이 제일 크게 자리 잡고 있다.

그중 지금까지도 내게 영향을 끼치고 있는 기억이 있다. 내가 아홉 살 때로 아버지가 홍성세무서장을 지내실 때였다.

관사로 이사를 와서 보니 앞뒷집 사는 친구들끼리 무척 친해 보였다. 왠지 나만 소외된 듯한 기분이 들었고, 은근히 샘도 났다. 그래서 나도 모르게 친구들을 이간질시켜 싸우게 만들었다. 이쪽저쪽 다르게 말을 전했던 것이다. 이 사실을 알게 된 친구들이 그 길로 쫓아와서 따지기 시작했다.

아, 그때 얼마나 창피하고 후회가 되던지, 그 이후로 나는 거짓말을 절대 안 하게 되었다. 지금까지도 가급적이면 꼭 필요한 말만 하는 편인데, 이것이 모두 그때의 뼈저린 깨달음 때문이었다.

그 당시는 어느 집 할 것 없이 식구는 많고 가난하던 시절이었다. 아버지가 공무원이었던 우리 집도 예외가 아니었다. 그렇지만 평생을 꼿꼿하게 살아오신 나의 부모님은 반찬이 없으면 간장을 반찬삼아 먹게 했지, 절대로 가게에서 외상을 지거나 한 일이 없으셨다.

그런 어려운 형편 속에서도 자식들의 교육에 있어서만큼은 열과 성을 다하신 분들이 또 우리 부모님이셨다. 내가 중학교에 입학했을 때도 손수 장에 가서 기성품 교복을 사다주셨다. 철없는 마음에 맞춤 교복이 아니라서 창피한 생각도 들었지만, 돌이켜 생각해 보면 그때 우리 형편으로는 그것만으로도 감사한 일이었다.

먹는 것은 잘 못 먹어도 자식들 공부에 들어가는 돈은 아끼지 않으셨던 이런 부모님 덕분에, 8남매 중 다섯 명이 서울대 상대, 공대, 법대, 사대, 의대에 골고루 들어갈 수 있었으니, 그동안 우리들을 키우느라 구부러진 부모님의 어깨를 조금쯤은 펴드리게 한 것 같아 기쁘다.

어머니의 아버지, 즉 나의 외할아버지는 당시 평안 감사와 성균관 대사성을 지낸 분이었다. 오늘날로 말하면 도지사쯤 되는 직책이다. 그러나 일제 강점기에 태어나 늘 자주독립을 꿈꾸셨던 외할아버지는, 더 이상 일제 밑에서는 일할 수 없다면서 낙향을 해버리셨다.

그 바람에 어머니는 평안 감사의 딸이면서도 제대로 된 교육을 받지 못하셨다. 그나마 외할아버지께 글을 배워서 처음 읽게 된 책이 〈삼국지〉라고 했는데, 그때부터 어머니는 공부가 한으로 남으셨다고 한다.

아버지와 어머니가 처음 만난 것은 열다섯과 열세 살 때였지만, 스무 살이 되어서야 두 분은 비로소 가정을 꾸리게 되었다.

그때부터 아버지는 어머니의 공부에 대한 한을 풀어주려고 식구들 몰래 공부를 시켜주었는데, 얼마 못 가 들통이 나 어머니는 끝내 학교 문턱을 밟지 못하셨다. 그도 그럴 것이 어머니 세대에서는 혼인한 여자가 학교를 다닌다는 것이 무척 드문 일이었다. 지금 와서 생각해도 우리 아버지처럼 시대를 앞서가던 분도 드물었던 것 같다.

정식 교육은 받지 못하셨지만, 어머니는 모르는 것이 없는 분이었다. 외할아버지께 어릴 때부터 한문을 배운 데다 지혜롭고 현명하기까지 하셔서, 나는 자라는 내내 어머니의 언행을 지켜보며 많을 것을 느끼고 배울 수 있었다.

1998년 9월 6일, 자택
피나의 생일에 초대받은 친정 오빠, 언니와 함께

특히 우리 8남매를 키우실 때 한 사람 한 사람에게 사랑을 듬뿍 주시면서도, 많고 적음이 없게 모두를 공평하게 사랑해 주셨다. 그렇게 8남매 각자가 자신이 가장 사랑받고 있다는 생각을 갖게 해주신 분이었다. 어머니가 돌아가시고 안 일이지만 나뿐만 아니라 언니, 오빠, 동생들까지도 나와 같은 생각이었다. 이것만 봐도 어머니가 얼마나 현명하고 지혜로운 분이었는지를 알 수 있다.

나의 경우에는 어머니가 몸소 가르쳐주셨던 "사람을 편애해서는 안 된다."는 교훈을, 나중에 교편을 잡게 되었을 때 학생들에게 적용시킬 수 있었다. 학생 전체를 공평하게 사랑하되 개인적으로 다가오는 아이들에게는 따뜻하게 대해 주는 것!

부모님을 통해 배운 이 교훈이 내 교사생활의 기본 원칙과 인생의 길잡이가 된 것이다.

선생님으로서의 첫걸음

내가 어릴 때부터 꿈꾸어 오던 직업은 교수였다. 그래서 대학도 문리대(文理大)를 가고 싶었으나 내 바람과는 다르게 사대(師大)를 가게 되었다. 사대를 선택한 데는 여러 가지 이유가 있었다.

그 첫 번째가 아버지의 퇴직이었다. 내가 고3 때 4·19가 터졌다. 그 여파로 일선에 있던 기관장들이 물러나야만 했고, 당시 53세로 비교적 나이가 많은 편이었던 아버지 역시 그중에 포함되어 있었다. 아버지가 직장을 그만두셨으니 자연히 가정 형편이 어려워질 수밖에 없었다.

두 번째는 바로 위의 오빠가 대학에 진학한 상태였기 때문에, 나만이라도 등록금이 조금이라도 싼 사대에 들어가야 했던 것이다. 당시는 가정형편상 나처럼 사대에 진학하는 친구들이 꽤 많았다. 같은 반에서도 20명 정도가 사대 진학을 원하고 있을 정도였다.

다행히 나는 서울사대부고 시절 성적이 좋은 편이었다. 그럴수밖에 없는 것이 고등학생이 되면서부터 내게, 각각의 과목을 전담하는 여러 명의 가정교사가 달렸기 때문이다.

영어는 상대생인 큰오빠가, 물리와 수학은 공대생인 둘째오빠, 영어와 독일어는 법대생인 셋째오빠, 그리고 국사와 한문은 엄마가 도맡아서 가르쳐 주셨다. 그 덕분에 공부에 취미를 붙일 수 있었고, 행복한 학창시절을 보낼 수 있었다.

3학년이 되자 부모님과 상의 끝에 서울사대에 원서를 넣기로 결정했는데, 문제는 과 선택이었다. 사대에 진학하려는 친구들이 많으니 당연히 경쟁률이 높았고, 그만큼 어떤 과를 선택하느냐가 합격의 관건이었다. 담임선생님은 내가 성적이 좋은 편이니 '영어과'를 선택하라고 하셨는데, 그때부터 우리 가족들과 선생님과의 마라톤 면담이 이루어졌다.

제일 처음에는 아버지가 오셔서 여자끼리 경쟁하는 '가정과'가 가장 안정적이지 않겠냐고 하셨고, 그 다음에는 어머니가 오셔서 앞으로 전망 있는 '교육과'도 괜찮겠다고 하셨다. 마지막 면담을 온 큰오빠에게 선생님은, 성적이 뒷받침되니 걱정 말라며 '영어과'로 최종 결정을 해주셨다. 그렇게 여러 번의 면담과 숙고 끝에 다니게 된 곳이 서울사대 영어과였던 것이다.

사대에 들어가 졸업하고 빨리 취직해 돈을 벌어야 부모님도 도울 수 있고 자립도 할 수 있었기 때문에, 문리대에 가서 교수가 되고 싶었던 내 꿈은 자연스럽게 접게 되었다.

그러나 할 수 없이 선택한 것이라 그런지, 대학 4년 내내 영어과가 적성에 안 맞아 고민을 참 많이 했다. 어학은 그곳에서 태어나 사는 사람들에게도 어려운 것인데, 하물며 남의 나라 말로 돈을 벌고 보람을 느낀다는 것이 영 내 인생관과 가치관과는 맞지 않았기 때문이다.

그렇지만 언제까지 불평만 하고 있을 수는 없었다. 나뿐만 아니라 아버지의 퇴직 이후 부모님을 돕기 위해, 우리 8남매 중 막내를 빼놓고는 아르바이트를 안 하는 식구가 없었다. 그러니 적성에 안 맞는다고 배부른 소리나 하고 있을 때가 아니었다. 나 또한 고등학생들을 가르치는 입시 과외교사로 동분서주하는 나날이었다.

그때를 돌이켜보니 또 어머니 생각이 많이 난다.

대학을 졸업하고, 같은 해에 졸업한 셋째오빠보다 내가 먼저 취직을 하게 되었을 때였다. 기쁜 마음에 그동안 고생하신 어머니에게 취직한 첫 선물로 두루마기를 해드리고 싶었다. 이런 내 마음을 전했더니, 어머니가 먼저 고맙다고 운을 떼시면서 셋째오빠 애기를 꺼내셨다.

"근데, 애야. 네 마음은 정말로 고맙지만 오빠가 취직시험을 보러 가야 하는데 마땅한 옷이 없잖니……. 그러니 내 옷보다는 오빠 옷으로 대신하는 게 어떻겠니?"

내가 기분 상하지 않게 고맙다는 얘기부터 꺼내시면서 양해를 구하셨던 것이다. 어머니는 항상 이렇게 무언가 거절을 하실 때에도, 상대방의 입장에 서서 기분 상하는 일이 없도록 배려해 주셨다.

내가 선생님으로서의 첫걸음을 뗄 수 있었던 것도, 그리고 교편을 잡으면서 학생들과 가까이 지낼 수 있었던 것도, 자라면서 내내 이런 어머니의 태도와 행동을 곁에서 보아왔기 때문일 것이다. 어머니야말로 나의 가장 큰 선생님이었던 것이다.

첫 부임지 문영여중과 이에리사

사라예보 세계 탁구선수권 대회 우승 후
이에리사와 함께

사대를 졸업하고 통과의례 형식으로 시골학교에서 잠시 근무하다가, 정식으로 부임한 곳이 사립 중학교인 문영여중이었다. 지금은 봉천동에 있지만 당시에는 홍제동에 있었다.

이곳으로 나를 끌어주신 분은 서울사대 출신의 교감선생님이셨다. 교감선생님 외에도 나까지 포함하여 대학 동기만 7명이었다. 이것만 봐도 당시 서울사대 출신 선생님들이 무척 많았음을 짐작할 수 있다.

문영여중은 내게는 첫 부임지였고, 이곳에 다닐 때 남편과 만나 교무실에서 몰래 뽀뽀까지 했으니, 잊으려야 잊을 수 없는 곳이다. 1968년 내 나이 스물일곱 살 때였다. 지금 생각해보면 무슨 배짱이었는지 모르겠다. 그만큼 젊었고 매사에 자신만만했던 눈부신 세월이었다.

남편과 결혼을 약속하고 친구들에게 처음으로 소개시켜 주었을 때, 친구들은 하나같이 남편이 잘생겼다고 치켜세웠다. 남편도 가끔씩 농담조로 "내가 잘생겨서 나와 결혼한 거지?"라고 묻곤 하는데, 꼭 그 이유만은 아니었다. 무엇보다 남편이 직장인 방송국을 돈 벌러 다니는 기계가 아니라 즐기면서 다니는 모습이, 무척 보기 좋아서였다. 보람을 느끼면서 일을 해야 사회생활도 잘할 수 있는 것이고, 이런 사람이라면 믿을 만하다고 생각했던 것이다.

그리고 그해에 결혼까지 했으니, 1968년은 내게는 상당히 의미 있는 한 해였다.

문영여중에서 내가 맡은 반은 2학년 '지(智)'반이었다. 문영여중은 반을 1, 2, 3 등의 숫자로 나누지 않고 정(貞), 숙(淑), 명(明), 인(仁), 덕(德), 진(眞), 선(善), 미(美), 예(禮), 지(智) 10반으로 나누고 있었다.

첫 수업을 하기 위해 떨리는 마음으로 교실 문을 열었을 때가 바로 엊그제 같다. 문이 열리자마자 학생들의 시선이 일제히 내게로 향했는데, 그때 유독 눈에 띄는 학생이 있었다. 탁구선수 이에리사였다. 이때부터 이에리사와의 긴 인연이 시작된 것이다.

원래 이에리사는 홍성 출신인데, 종합선수권 대회에서 1등을 할 만큼 명성이 자자해 문영여중에서 스카우트해 왔던 것이다. 선생님들은 물론이고 학생들 사이에서도 모르는 이가 없을 정도로 벌써부터 유명 인사였다.

　그러던 어느 날이었다. 알다시피 운동선수들은 4교시까지만 수업을 받고 오후시간부터는 운동 연습을 한다. 내가 맡은 '지' 반에도 이에리사와 또 한 명의 탁구선수가 있었는데, 언제부턴가 이에리사가 다른 친구 한 명까지 꾀어내어, 내 수업시간인 영어 시간 외에는 수업에 들어오지 않는 것이었다.

　나는 어릴 때부터 아버지의 영향을 받아 운동을 좋아했다. 아버지는 기관장 시절 직접 테니스장을 만드실 만큼 운동을 좋아하셨고, 실제로도 정구선수셨다. 나 역시 이런 아버지의 소질을 물려받아 초등학교 때부터 피구, 배구, 정구 선수를 했었고 서울대 시절에는 배구선수로 활약하기도 했었다.

　이 덕분에 나는 누구보다 운동선수의 심리를 잘 알고 있었다. 그래서 더더욱 이에리사의 행동에 화가 났던 것 같다. 결국 이에리사를 교무실로 불러들여서 무릎을 꿇게 하고 손을 들게 했다. 그러고는 무척 엄하게 야단을 쳐주었다.

　선생님 부임 첫 해인 2학년 초였는데, 지금 생각해 보면 햇병아리 선생님이 참 겁도 없었다. 그 유명한 이에리사에게 그렇게 혹독한 벌을 주었으니 말이다.

그러나 공교롭게도 내게 혼쭐이 난 이후인 2학년 2학기부터 이에리사가 훌륭한 성적을 거두기 시작했다. 그 후 사라예보 세계탁구선수권대회에서 정현숙과 복식으로 출전해 우승까지 거머쥐었을 때는 얼마나 기뻤는지 모른다. 나뿐만이 아니라 온 국민이 서로 얼싸안으며 기뻐했던 기억이 생생하다.

나중에서야 교무실에서 벌을 받았던 이야기가, 그녀의 책 『2.5g의 세계』에 실려 있다는 사실을 알았다. 자신의 인생을 좌우한 사건이라면서 잊지 못할 선생님으로 나와 스카우트 선생님을 언급하고 있었다. 나로서는 무척이나 고맙고 명예로운 일이었다.

이에리사와는 이외에도 많은 인연이 있었다.

내 교편생활의 거의 대부분을 차지하게 된 서울여상에서도 그녀가 고3 때 담임을 맡았었다. 학교를 졸업한 이후의 그녀의 경력은 눈이 부실 정도이다. 명지대 박사를 취득하고 용인대학교 스포츠레저학과 교수를 지냈고, 아테네올림픽 한국여자탁구팀 감독에 태능선수촌 선수촌장, 베이징올림픽 한국선수단 총감독에 제19대 국회의원에 이르기까지. 아쉽게도 그녀가 학교를 졸업한 후에는 서로 만나지 못하고 소식만 듣고 지냈다.

그러다가 2004년 어느 날, 전화 한 통이 왔다. 그녀가 태릉선수촌장이었을 때인데, 우리 부부를 태릉선수촌으로 초대한 것이다. 얼마나 반갑고 기쁘던지 남편과 나는 흔쾌히 초대에 응했고, 졸업한 지 30년이 지나서까지 선생님을 기억해 준 것이 그렇게 뿌듯할 수가 없었다.

그때 우리 부부는 그녀와 함께 식권을 끊어 선수촌에서 같이 식사를 하였는데, 장미란 선수를 비롯한 모든 선수들이 쫓아와서 인사하는 걸 보고, 그녀가 선수들에게 얼마나 존경받고 있는지를 피부로 느낄 수 있었다. 엄격하면서도 자상한 스승의 모습이었다.

어느 선생님이나 마찬가지겠지만 자신의 제자가 잘되는 것만큼 교사 일에 긍지를 느낄 때도 없다. 이에리사는 그런 면에서 보면 가장 훌륭한 제자였던 셈이다.

서울여상에서의 31년

어떻게 보면 내 교편생활의 시작과 끝을 서울여상에서 맞이했다 해도 과언이 아니다.

시골학교와 문영여중에서의 2년을 빼고 나머지 31년을 나는 서울여상에서 교편을 잡았다. 더욱이 결혼을 해서 시부모님이 돌아가실 때까지 모실 수 있었고, 아이를 낳아 키우면서 한 사람의 아내와 두 아이의 엄마로서 살게 해준 고마운 곳이었다.

물론 힘든 일도 많았다. 몸이 약한 탓에 며느리, 아내, 엄마, 교사의 1인 4역을 해내기가 쉽지만은 않았다. 남자아이 둘을 돌보는 일도 절대 만만한 일이 아니었다. 그럴 때마다 남편이 큰 힘이 돼주었다.

남편은 어느새 학생들 사이에서 '부담임'이란 별명으로 불리고 있었다. 스스럼없이 학생들에게 다가간 남편이 환경미화나 시험에서 1등을 차지하면 자장면을 사준다는 약속을 했고, 1등을 하면 반드시 그 약속을 지켜주었으니, 아이들 사이에서도 나 못지않게 인기가 있었을밖에. 그런 남편의 외조 덕분에 학교생활을 잘해 나갈 수 있었고, 오랜 세월 언제나 변함없이 나를 위해 애써준 남편에게 진심으로 감사하고 있다.

세월이 정말 쏜살같이 흘렀다. 20대 중반부터 시작하여 30대, 40대, 50대까지의 내 지난날이 서울여상과 함께한 세월 속에 아로새겨져 있다. 내 인생의 희로애락이 고스란히 담겨 있는 것이다.

나는 1999년 2월 58세로 정들었던 서울여상에서 퇴직했다.

정년인 65세에는 못 미치는 나이였지만, 97년에 IMF가 터지는 바람에 98년에는 정년이 62세로 줄어든 상태였고, 나이가 많은 사람들부터 명예퇴직을 종용받는 시점이었다.

사실 교편생활 30년이 지난 후부터는 담임을 비롯하여 모든 보직에서 물러난 상태였다. 내게도 이때 명예퇴직 제안이 들어왔고, 정년을 채우고 그만둘 것이냐 제안을 받아들이고 지금 그만둘 것이냐를 놓고 고민을 많이 했다.

당장 남편과 두 아들에게 이 문제를 상의했다. 남편은 물론이고 신부님이 된 큰아들과 대기업에 다니고 있던 둘째아들이 한 목소리로 간청했다.

"어머니, 그동안 쉬지 않고 열심히 일하셨으니, 이제는 좀 쉬시면서 노후를 즐기셨으면 좋겠어요."

정년을 채우면 더 많은 퇴직금을 받을 수 있었지만, 나는 가족들의 의견에 따라 퇴직하는 쪽으로 마음을 굳혔다. 막상 결심을 하고 나자 31년 동안 한 직장에서 근무하게 해준 서울여상이 무척이나 고마웠다.

인생의 애환이 소복이 담겨 있던 학교와의 이별의 순간이 다가왔을 때는, 정말이지 가슴 한쪽이 텅 비어버리는 것 같았다. 그러나 이형기 시인의 "가야 할 때가 언제인가를/분명히 알고 가는 이의/뒷모습은 얼마나 아름다운가"라는 시구처럼, 이제는 내가 아름답게 떠날 차례가 된 것뿐이었다.

무엇보다 오랜 시간 나를 선생님으로 인정해 준 학교를 위해 작은 성의라도 표시하고 싶었다. 남편과 상의한 끝에 서울여상을 잘 운영해 주고 계신 한상국 교장선생님께 우리 부부의 감사한 마음과 약간의 성금을 전달하였고, 이와 더불어 소장하고 있던 책 1,500권을 도서관에 기증하였다. 진심으로 서울여상의 발전을 기원하면서.

지난 2011년은 퇴직 후 12년 만에 서울여상을 방문한 해였다. 퇴직교사들을 초청한 자리였다. 총 92명의 퇴직교사 중 69명이 참석했으니, 그것만 봐도 선생님들의 학교에 대한 애정이 남다름을 짐작하고 남을 일이다.

그새 학교도 많이 변해 있었다. 내가 다닐 때만 해도 한 학년이 열두 반이었고, 한 학년에 600명씩 총 학생 수가 1,800명에 달했었다. 그에 반해 지금은 전체 학생 수가 600명이라고 하니 세월이 또 훌쩍 흐른 게 틀림없다.

학생 수가 줄어드니 당연히 빈 교실이 많아질 수밖에 없는데, 그 빈 교실들을 특활반으로 활용하여 상업고등학교라는 특색을 잘 살리고 있었다. 은행실습이라든지 가상직장, 특수교육, 인터넷 옷 판매 등등으로 말이다.

학교를 한 바퀴 둘러보고 교무실에 들어서니 감회가 또 새로웠다. 뜻밖에도 내가 전에 알고 지내던 선생님들이 많이 남아 계셨다. 그분들 역시 학교에 대한 애정을 갖고 근무하고 계셨다.

좋은 선생님이 있어야 좋은 학생이 있는 것이고, 좋은 학생들이 많아져야 좋은 학교가 되는 것이다. 모쪼록 지금껏 그래왔듯, 앞으로도 참교육을 실천하는 서울여상이 되었으면 하는 바람이다.

잊지 못할 졸업생들

선생님을 하면서 가장 보람을 느끼는 때 중 하나가 제자들이 잊지 않고 찾아줄 때이다. 더욱이 졸업한 지 오래되어 머리가 희끗희끗해진 졸업생들이, 현직도 아닌 퇴직한 선생님을 찾아줄 때만큼 자긍심을 느낄 때도 없다.

참으로 행복하게도 내게는 그런 제자들이 많다. 고3 담임을 맡았던 학생들뿐만 아니라, 고1, 2 담임이었던 학생들도 많이 찾아온다.

서울여상 학생들은 대부분이 일과 공부를 병행하는 학생들이다. 향학열에 있어서만큼은 오히려 인문계 학생들보다 더 뛰어나다고 할 수 있다. 대학 입학 대신 취직을 선택한 학생들이지만, 끝까지 포기하지 않고 주경야독 생활을 하며 어떻게든 대학에 들어가고야 마는 좋은 의미에서의 독종들이다. 그래서 더 애틋하고 각별하게 느껴지는지도 모르겠다.

상업학교라는 특성상 고3이 되면 선생님과 학생이 더 끈끈한 유대감으로 이어지게 되는데, 그것은 한 명이라도 더 좋은 회사에 취직을 시키기 위해 선생님들이 직접 뛰어다니기 때문이다. 학생들 입장에서도 자신들의 취업을 진심으로 걱정하고 지도해 준 선생님들이기에, 더 애틋하게 느껴질 수밖에 없을 것이다.

물론 선생님들마다 가지고 있는 가치관이 조금씩 다르다. 학생들을 대할 때 개인에게는 엄격하고 전체에게는 따뜻한 선생님도 있고, 그와는 반대로 개인에게는 따뜻하고 전체에게는 엄격한 선생님이 있다. 나는 후자에 속한다.

가정환경이 그리 좋지 못한 학생들이 많아서 나는 항상, 개인적으로 다가오는 학생들에게는 그들의 말에 진심으로 귀 기울이고 그들의 고민을 풀어주기 위해 많은 노력을 했다. 집으로 찾아오는 학생들에게는 아무리 바빠도 꼭 밥 한 끼씩은 해 먹여서 보냈고, 취직을 하게 되면 남편과 함께 자그마한 파티를 열어주기도 했다. 누가 억지로 시켜서 한 일도 아니었고, 단지 그것이 교사로서의 의무라고 생각했기 때문에 자발적으로 한 일들이었다.

　오랜 세월 많은 학생들을 가르쳤지만 그중에서도 잊지 못할 졸업생들이 몇몇 있다. 이 자리를 빌려 때마다 찾아와 주는 제자들에게 다시 한 번 고맙다는 인사를 건네며, 지금부터는 그 잊지 못할 졸업생들과의 사연을 소개하고자 한다.

원 경

1997년 8월, 뉴욕주의 어느 관광지
제자 원경·원현 자매와 함께

42회 졸업생인 원경은 내가 서울여상에 부임했을 때 처음으로 인연을 맺은 학생인데, 수십 년 동안 그 인연이 이어지고 있다. 반장인 동시에 학생회 총무로 활동했던 똑똑한 학생이었다. 나는 원경의 고1 때 담임이었다. 담임이 아니었던 2, 3학년 때에도 집으로 자주 놀러와 학생과 제자가 아닌 언니와 동생 같은 느낌이었다.

졸업과 동시에 한국은행에 취직이 되었을 때에도, 다섯 시 퇴근 종이 울리는 순간부터 대학입시를 준비해 온 대표적인 주경야독 학생이었다. 언제나 입버릇처럼 내가 자신의 멘토라면서, 선생님을 따라 서울대에 꼭 들어가고 싶다는 말을 했었다.

원경이는 가족들이 이민을 간 상태에서도 8년 동안이나 그 뜻을 꺾지 않고 공부했다. 아쉽게도 그 꿈을 접고 가족들이 있는 미국으로 가야 했지만, 향학열만큼은 누구보다도 높았던 친구이다. 지금은 뉴욕 퀸즈보로(Queens Borough)에 살고 있는데, 미국에 가서도 상업은행(현 우리은행) 지점에 취직하여 공부를 한 끝에 마침내 뉴욕대학에 입학했다.

그런 원경이가 대만인과 결혼한 후 자리가 잡히자마자, 우리 부부를 잊지 않고 두 번씩이나 초청해 주어서 매우 기쁘고 보람을 느꼈었다.

특히 남편이 방송국에서 퇴직한 후 〈허니문센터〉라는 신혼여행 알선 회사를 하다가 실패하여 심적으로 매우 힘들 때가 있었는데, 그때 원경과 그녀의 모친이 자주 찾아오고 밥 한 끼라도 정성껏 대접해 주어 무척 감동을 받았다.

60이 넘은 제자가 지금까지도 이렇듯 선생님 부부를 챙겨주고 있으니, 고맙고 또 고마울 수밖에.

윤덕현 · 황혜옥

덕현이와 혜옥이는 43회 졸업생으로 서로가 단짝 친구였다.

이에리사와 같은 반 친구이기도 했는데, 취직할 때 내가 두 사람을 직접 데리고 가 취업을 시켜준 기억이 생생하다.

덕현이는 어려운 상황에서도 꿈을 놓지 않고 늘 성실하여서, 지금은 부자가 되어 있다. 가끔씩 자신의 별장으로 우리 부부를 초대하기도 하고, 내 칠순 비용을 우리 부부도 모르는 사이에 지불하여 깜짝 놀란 적도 있다. 그만큼 속도 깊고 생각도 바른 학생이었다.

혜옥이는 나와 같은 천주교 신자이면서 키가 크고 멋쟁이였다. 무척 어른스러운 아이였는데, 졸업식 날에 혜옥이의 홀어머님이 한 푼 두 푼 아낀 돈으로 떡을 직접 만들어 오셨던 일은 두고두고 잊지 못할 일이다. 다른 선생님들과 그 정성어린 떡을 나눠 먹으며 목이 메었다. 지금은 효녀 딸들 덕분에 더할 수 없이 행복한 나날을 보내고 있다고 한다. 지난번에는 우리 부부와 함께 홍콩여행을 다녀오기도 했다.

김경숙 데레지나 수녀

2013년 10월, 자택
제자 김경숙 데레지나 수녀와 함께

47회 졸업생으로 지금은 데레지나 수녀로 불린다.

데레지나 수녀와의 인연은 참으로 남다르다. 1987년 우리가 여의도 시범아파트에 살 때였다. 졸업한 지 10년이 지난 한 학생이, 어느 날 수녀가 되어 찾아온 것이다. 나는 담임도 아닌 영어선생님이었을 뿐인데, 그런 나를 잊지 않고 찾아와 주어 더 감동적이었다.

데레지나 수녀와의 재회를 놓고 보면, 인연이라는 게 분명 있긴 있나 보다. 우리가 살고 있던 바로 옆집에 데레지나 수녀의 언니가 살고 있었다. 더욱이 우리 시어머님과 데레지나 수녀 언니의 시어머님이 친하기까지 하였으니, 세상 참 좁으면서도 그 인연이 또 신기하다.

그 후 데레지나 수녀가 박사학위를 받으러 로마로 유학을 떠났을 때 언니한테 밑반찬을 보내달라고 연락을 해왔다고 해서,

우리 부부가 이태리 가는 길에 멸치랑 김 등을 전해 주었던 추억도 있다. 데레지나 수녀는, 여상(女商)을 나와서도 자기가 하고자 하는 일을 해나가며 박사 학위까지 딴 참 훌륭한 제자였다.

매스컴 관련 일로 유명한 성 바오로딸 수도회 소속이고, 지금은 필리핀에서 전 세계에 펼쳐 있는 성 바오로딸 수도회의 아시아·호주 대륙 조정관 역할을 맡고 있다. 불과 며칠 전 3년 만에 귀국하여 우리 부부를 찾아와 무척이나 반가웠다.

나는 여전히 하루도 빼놓지 않고, 데레지나 수녀를 비롯한 60명이 넘는 제자들과 대녀(代女)들을 위해 기도하고 있다. 대녀들 중에는 유독 서울여상 출신들이 많은데, 이는 내가 아이들을 가르칠 때 틈틈이 우리 곁에 계시는 하느님 이야기를 했기 때문일 것이다. 그 덕분에 오히려 아이들과도 더 가까워지지 않았나 하는 생각이 든다.

구미회

48회 졸업생인 동시에 반장이었던 미회는 성품 자체가 그렇게 사근사근할 수가 없었다. 나는 미회가 고3 때 담임이었는데, 나에게뿐만 아니라 모든 사람에게 싹싹하고 친절했다.

연년생인 언니도 서울여상 출신이었다. 미회 자매뿐 아니라

이렇게 졸업 기수는 달라도, 한 선생님을 통해 학생들이 서로 알게 되는 경우가 종종 있다. 그럴 때는 그 연결고리가 내가 된 것 같아 무척 흐뭇하다.

사근사근한 성격답게 미회는 졸업 후에도 꾸준히 찾아와 주었고, 우리 집에 무슨 일만 생기면 만사 제치고 참석했다. 2008년 남편 칠순과 2011년 내 칠순에도 어김없이 미회 내외가 참석하여 축하해 주어 얼마나 고마웠는지 모른다.

미회 남편이 홍콩지사에서 근무할 때였다. 우리 부부가 유럽과 아프리카 여행을 마치고 홍콩에서 트랜스퍼(transfer)를 하려던 참이었는데, 갑자기 엄청난 태풍이 몰아쳤다. 그 때문에 우리 부부는 미회네 집에서 3박4일 동안 숙박을 하며 신세를 져야 했다. 돌이켜 생각해 보니 오히려 그 태풍이 소중한 추억을 만들어 준 셈이다.

\# 하경희 · 김혜정 · 김미자 · 김유경 · 정선영 · 김은자

이 학생들은 52회 졸업생들로 모두 학생회 간부들이었다. 나는 유독 공부에 뜻이 있는 학생들을 좋아했는데, 열심히 공부하는 학생들에게는 어떻게 해서든지 조그마한 힘이라도 보태 주고 싶었다.

대학졸업을 축하하는 자리에 두 아들과 함께

키가 작은 경희는 반장이었다. 지금 와서 하는 얘기지만 경희가 반장 일을 하느라고 공부에 지장을 받을까 봐, 나는 주로 다른 아이들에게 일을 시키곤 했다. 그만큼 예뻐했던 친구였는데, 스스로도 예쁨을 받게 하는 아이였다.

한번은 내가 학교 주산반을 인솔하여 일본으로 시합을 떠난 적이 있었다. 우리 아이들이 초등학생 때였고 마침 방학 때였다. 엄마 없이 보낼 아이들이 걱정되었는지 그때 경희와 그 친구들 모두가 일부러 집까지 찾아와, 우리 집에 머물면서 아이들과 놀아주고 밥도 챙겨주었다. 그래서 지금까지도 내 아이들은 이 친구들을 누나라고 부르고 있다.

혜정이는 키가 컸고 키만큼이나 시원시원했다. 나와 같은 천주교 신자인 동시에 우리 부부가 그녀 내외의 대부와 대모이다. 남편이 주례까지 서준 특별한 인연으로, 결혼 후에는 혜정이의 남편까지도 천주교 신자가 되었으니 그저 감사할 따름이다.

미자는 지금 LA에 살고 있는데, 우리 부부가 미국에 갈 때
마다 어찌나 잘해 주는지 미국에 간다고 연락하는 것이 미안할
정도이다. 얼마 전에는 한국에 잠시 나와 있던 미자 부부를 초
대하여 즐거운 시간을 갖기도 했다.

나는 제자들과 만날 약속을 할 때마다 사소한 것 하나라도
챙겨주고 싶어 항상 고민을 한다. 허브향 비누나 아껴두었던
포도주와 양주가 전부지만, 이런 것이 바로 선생님의 마음이
아닐까 싶다.

학생회장이었던 은자와 유경, 선영까지 6명이 우리 부부를
늘 함께 찾아오곤 한다. 그때마다 아이들이 하는 얘기가 있다.

오래 전인 1988년에 남편이 이 아이들의 대학졸업을 축하
하기 위해, 호텔로 초청해서 달팽이 요리를 대접한 적이 있었
다. 그 당시만 해도 기쁜 일이 생기면 자장면을 먹는 것이 고
작이었던 때였으니, 호텔에서 달팽이 요리를 먹는다는 건 상상
도 못할 일이었다. 평소에도 부담임 역할을 자청하던 남편이,
학생들에 뭔가 영양가 있는 것을 그것도 근사한 분위기가 나는
곳에서 사주고 싶은 마음에, 다소 무리를 해서 자리를 마련했
던 것이다.

호텔에서 저녁을 먹으면서 아이들이 좋아하던 모습이 지금도
눈에 선하다. 아이들 역시 크게 감동을 받았던지, 그때 찍은 사

진을 아예 자신들의 스마트 폰에 저장해 놓고 있었다. 얼마 전 모임에서도 우리 부부에게 그 사진을 보여주며 함박웃음을 지었다.

이 52회 졸업생들이 함께 찾아오는 것 자체가 우리에게는 축복이다. 더욱이 졸업 후 모두가 가톨릭 신자가 되었으니 이보다 더 뿌듯할 수가 없다.

분에 넘치는 사랑을 받아 고마운 마음에 우리 부부는, 제자들이 방문할 때 절대 음식을 사오지 못하게 한다. 소박하나마 직접 음식을 만들어 대접하거나, 사정이 여의치 않아 음식점에서 모일 때도 칵테일만큼은 꼭 내가 직접 만들어서 들고 나간다. 아이들뿐만 아니라 가능하면 남편들까지도 동반해서 오게 하는데, 부부가 알콩달콩 살아가는 모습을 보는 것만으로도 흐뭇하기 그지없다.

김미옥 수녀

54회 졸업생으로 데레지나 수녀와 같은 성 바오로딸 수녀이다. 담임은 아니었고 김미옥 수녀가 고3 때 영어를 가르쳤다.

김미옥 수녀는 내가 영어시간에 천주교 얘기를 자주 꺼내곤 했는데, 그중에서도 지금은 신부님이 된 큰아들 얘기가 인상에 남았다고 한다.

나는 당시에도 내 일상의 이야기들을 자연스럽게 하면서, 학생들이 가톨릭과 조금이라도 가까워지기를 기도했다. 다행스럽게도 그런 노력들이 학생들 마음에 닿았던 것 같다.

김미옥 수녀 역시 내가 간접적인 계기가 되어 수녀의 길을 걷게 되었고, 나를 정신적인 어머니라고 생각한다고 하니 그것만으로도 무척 고마운 일이다.

우리 내외는 김미옥 수녀가 종신서원을 할 때 참석했었고, 내 큰아들이 사제가 되어 첫 미사를 미아리 수녀원 본원에서 했을 때는 김미옥 수녀 모녀가 함께해 주었다. 아직까지도 휴가 때가 되면 우리 부부는 안동분원에 있는 김미옥 수녀를 집으로 초청하여 점심을 대접하곤 한다.

박성희 · 황훈영 · 임미리

56회 졸업생인 성희와 훈영, 미리는 내가 고2 때 담임을 맡았던 학생들이다.

성희는 독실한 천주교 신자였는데 얼마 전에도 6월 29일 성희의 축일을 맞이하여 성희 내외와 훈영 내외를 초청하여, 미리 준비한 와인과 내가 만든 세 가지 칵테일로 서로를 축복해

주었다.

훈영이는 스승의 날과 추석이나 설 명절 때 앞장서서 동기들을 모아 우리 부부를 찾아오는 고마운 제자이다. 졸업 후에는 한동안 소식이 뜸했지만, 알고 보니 국회의원 수석비서를 지낼 만큼 능력을 인정받게 되었다고. 훈영이는 한때 '다른 친구들은 다 멘토가 있는데, 자기의 멘토는 누굴까?' 하는 의문을 가진 적이 있는데, 그때 퍼뜩 떠오른 것이 나였다고 한다. 그 후부터 내 거처를 수소문하기 시작하다가 4년 전에야 연락처를 알게 되어, 그때부터 계속해서 찾아오는 제자이다.

미리 역시 2, 3학년 때 담임을 맡은 학생이었다. 특별한 집안 태생이었는데, 무척 통통 튀고 적극적인 친구였다. 그래서 그런지 프러포즈도 자신이 먼저 했다고 한다. 미리는 또 학교 다닐 때도 느닷없이 전화를 걸어 "선생님, 지금 가도 돼요? 선생님이 만들어 주신 빈대떡이 제일로 맛있으니 만들어 주세요. 네?" 하던 아이였다.

여러 과목 중에서도 내가 가르쳤던 영어시간을 좋아하여, 선생님인 나까지 좋아하게 되었다고. 지금도 생생하게 기억을 할 만큼 내 영어시간이 재밌고 귀에 쏙쏙 들어왔었다고 한다.

나는 매 학년 초마다 늘 새로운 교수방법을 구상하곤 했다. 그래서 30여 년 동안 한 번도 전년도와 같은 방법으로 가르친

적이 없었고, 그런 내 교수방법을 좋아하는 학생들 덕분에 교사로서의 보람을 느낄 수 있었다.

박순희

순희 역시 56회 졸업생으로 고3 때 담임을 맡았었다. 처음부터 나를 선생님이라고 어려워하지 않고 편하게 다가온 학생이었다. 나 역시 어떤 일에든 솔선수범하는 순희가 기특해서 수시로 우리 집에 놀러오라고 할 만큼, 아끼던 학생 중 하나였다.

나는 지금도 내가 가르쳤던 학생들 대부분을 기억하고 있는데, 일단 담임이 되면 교사로서의 의무감으로 일주일 내에 학생들의 이름과 얼굴을 외우려고 부단히 노력한 덕분이다.

순희는 경상북도 영주 출신으로, 아버지가 일찍 돌아가시는 바람에 집안 사정이 매우 어려웠다. 그 때문에 학교를 1년 쉬었는데, 1년 위라 그런지 무척 어른스러웠고 반 아이들도 순희를 언니처럼 잘 따랐다.

그런 순희가 다른 친구들보다 취업이 조금 늦어지는 바람에 안절부절 못하고 있을 때, 마침 외국인 회사에 자리가 났다는 정보를 입수하여 내가 직접 순희를 데리고 가 취직을 시켜주었다. 성실하고 책임감이 강했던 순희는 곧 능력을 인정받아, 91

년 회사 중역이 직접 스카우트하여 과테말라 공장으로 나가게 되었다. 지금까지도 순희는 그곳에서 20년 넘게 살고 있다. 덕분에 우리 부부는 순희의 초청을 받아 과테말라 일주를 두 번이나 할 수 있었다.

그 보답으로 지난번에 순희가 한국에 왔을 때는 우리 부부가 삼청각으로 데리고 가 공연도 보여주고, 그동안 가지 못했던 곳에 데려가 실컷 구경을 시켜주었다. 또한 장학 사업이 순희의 꿈이라고 해서 모교인 서울여상을 함께 방문하여, 교장선생님과 면담자리를 마련해 주기도 했다.

한 가지 아쉬운 점은 과테말라에서 자리를 잡았기 때문에 자주 얼굴을 볼 수 없다는 점과 아직도 독신이라는 점이다. 어서 빨리 좋은 짝을 찾아 순희가 행복하게 사는 모습을 볼 수 있으면 좋겠다.

이영희

65회 졸업생으로 내가 마지막으로 담임을 맡았던 학생이다.

영희는 학생회장인 동시에 반장이었다. 무척 미인이었고 착실하면서 프라이드도 대단했다. 지금은 외국계 회사의 중간 간부인데, 졸업 후 한동안은 연락이 끊겼었다.

그러다가 우리가 수유리 살 때였으니, 영희가 졸업한 후 10년 정도 지났을 때였다. 영희 친구가 우연히 우리 부부와 같은 성당에 다니고 있었던 터라, 그 친구를 통해 우리 소식을 들은 영희가 한달음에 성당으로 달려온 것이다.

영희는 학교 다닐 때부터 남편이 부담임 일을 자청하던 일을 자주 언급했었다. 재능도 많은 친구인데다 남편과 내가 모두 좋아하는 학생이었다. 영희 역시 미혼으로, 어서 빨리 순희와 함께 제 짝을 찾았으면 좋겠다.

이 친구들 외에도 잊지 못할 졸업생들이 꽤 많다. 이 자리에서 일일이 언급하지 못한 점을 미안하게 생각한다.

나는 지금 교사의 자리에서는 물러나 있지만, 아직도 나를 기억하고 찾아와 주는 제자들이 있어 더할 수 없이 행복한 생활을 하고 있다. 지난 시절들을 뒤돌아보면서 앞으로는 더욱, 내가 받은 사랑만큼 타인에게 베푸는 삶을 살아야겠다고 다짐해 본다. 연령이나 종교, 정치적 성향과 상관없이 누구에게든 베풀며 사는 삶, 그것이 현재 내 삶의 모토이다.

마지막으로 내 삶을 더욱 풍요롭게 해준 제자들에게 말해 주고 싶다.

"얘들아, 너희들이 있어 행복했다! 그리고 사랑한다!"

Chapter 3

부부의 하루 일과
& 고마운 분들

부부의
하루 일과

도심형 실버타운(Silver town)에 사는 기쁨

 우리 부부는 현재 도심형 실버타운에 살고 있다.

실버타운이란 노후생활을 하는 데 필요한 의료시설, 오락시설, 체력단련시설 등을 갖추고 식사관리, 생활편의, 건강의료 등의 서비스를 제공하는 곳으로 1960년대부터 미국의 남부지역을 중심으로 형성된 노인들의 주거지역에서부터 시작되었다.

사실 실버타운이라는 단어는 한국에서만 쓰이고 있다. 흰 머리카락을 비유하여 노인들과 관련된 산업을 표현하기 위하여 일본에서 만든 실버산업에서 '실버(silver)'를 딴 영어 단어 '타운

(town)'과 합성한 것이다. 실버타운은 고령화 사회로 접어든 나라의 국민들 가운데, 다소 경제적으로 여유 있는 중상류층 노인들이 주로 입주하는 곳으로 알려져 있다.

그러나 우리나라에서 실버타운이라 하면 처음에는 양노원이나 요양원 정도로만 인식되어, 그곳에 거주하는 노인들을 불쌍하게만 여겼다. 우리 역시 예외가 아니어서, 65세 전까지는 실버타운 입주 자체를 생각해 본 적이 없다.

우리 부부는 65세 전 낙향하는 심정으로 용인에서 살 때, 난생 처음으로 아파트를 분양받았다. 분양을 받자마자 그동안 모아놓은 여행 자료들과 기념품, 그리고 수천 권의 책들을 보다 효율적으로 보관하기 위해 책장과 장식장을 짜 맞추었다. 우리 부부에게는 더할 수 없이 소중한 추억이 새겨진 물건들이 그 안에 가지런히 정리되는 것을 보고, 아내와 함께 무척 기뻐했던 기억이 난다.

그러나 65세가 지나면서부터 나도 아내도 직접 운전하기가 힘들어졌다. 당시는 KBS와 평화방송에 출연할 때였는데, 용인에서 KBS가 있는 여의도까지 가려면 3시간은 족히 걸렸다. 낙향을 하는 것까지는 좋았으나 교통편을 너무 쉽게 생각했던 것이다.

할 수 없이 우리 부부는 다시, 서울에서도 전철역이 가까운 수유리로 이사를 해야 했다. 그 무렵 내 병이 깊어졌다. 아내 역시 날이 갈수록 힘이 부쳐, 당뇨가 있는 내게 하루 세 끼 균형 잡힌 식사를 만들어 주기 어려웠다. 궁여지책으로 인터넷을 뒤져 칼로리가 계산된 아침밥과 저녁밥을 제공해 주는 업체에 시켜먹었는데, 맛이 없는 데다가 금방 질리는 바람에 오래가지를 못했다.

2013년, 그레이스 힐 자택
지인과 포켓볼 게임을 즐기고 있는 피나

그때부터 내가 나서서 실버타운을 알아보기 시작했다. 그렇지만 양로원이나 요양원이라는 고정관념을 쉽게 버릴 수 없어서, 그냥 작은 집으로 옮길까 생각하고 있었다.

그러던 중 우연히 도심형 실버타운을 분양하고 있다는 신문기사를 읽게 되었다. 마지막으로 "한 번 가서 보기나 하자."고 들렀던 곳이, 지금 우리 부부가 살고 있는 바로 이 '그레이스 힐(Grace Hill)'이다.

실제로 와서 보니 이미 거주하고 있는 사람들의 수준이 꽤 높았다. 국가 고위직부터 시작하여 각 대학 총장들, 의사, 박사 등등. 게다가 하루 스케줄이 꼼꼼하게 짜여 있어서, 각자 원하는 프로그램을 선택하여 하루를 알차게 보낼 수 있었다.

내가 걱정했던 식사 역시 영양사가 있어 매끼마다 열량표와 함께 바나나, 양파, 토마토 등의 노인에게 좋은 식단으로 세심하게 꾸며져 있었다. 또한 뷔페 형식이어서 가짓수도 많고 자기 건강에 맞는 음식을 골라 먹을 수 있었고, 24시간 간호사가 상주하고 있어 당뇨환자인 나에게는 안성맞춤이었다.

겉에서 보기에도 실버타운 구조 자체가 휴식과 각종 레저를 즐길 수 있는 리조트 같았다. 여기에 호텔처럼 사람을 편하게 만날 수 있는 큰 로비와 좋은 정원까지 갖추고 있었다. 더불어 피트니스 센터, 수영장, 실내 골프장, 탁구장, 사우나, 찜질방, 노래방 등의 시설까지 갖추고 있어 자신이 선택한 프로그램 이외에도 월요일부터 토요일까지 자유롭게 이용할 수 있고, 가족은 물론이요 지인까지도 무료로 사용하게 해주었다.

특히 우리 부부의 마음에 들었던 것은, 도심형 실버타운답게 '그레이스 힐'이 교통 좋은 곳에 위치하고 있다는 사실이었다. 지금도 바깥 활동을 활발히 하고 있는 우리로서는, 9호선 가양역을 바로 옆문을 통해 드나들 수 있고 공항철도 이용도 용이

하며 강남까지 25분밖에 안 걸리는 곳에 위치하고 있다는 것에 마음이 끌렸다. 이밖에도 게스트하우스까지 있어, 멀리 외국이나 지방에서 오는 방문객들을 호텔보다 저렴한 가격에 호텔 못지않은 수준으로 쉬게 해줄 수 있었다.

직접 이곳을 둘러보고 나서야, 실버타운이 외롭고 불쌍한 노인들이 모여 사는 곳이라는 고정관념을 버리게 되었다. 요즘 와서는 유럽이나 미국 같은 선진국처럼 우리나라에서도, 실버타운이 일상의 연장이며, 오히려 복지혜택을 누리면서 생활할 수 있는 곳으로 인식되고 있다고 한다. 처음에는 입소를 꺼리던 사람들도 이제는 자리가 없어 들어오지 못한다 하니, 몇 년 사이에 많은 변화가 있었다.

2013년 10월, 그레이스 힐 자택

처음으로 가족들에게 이곳에 입주하기로 했다는 소식을 전했을 때, 큰아들 신부님이 무척 반겨주었다. 몇 년 전 병원에 입원해 있던 내가 하필이면 퇴원하던 날에 미끄러져, 그대로 다시 병원신세를 진적이 있었다. 다음날이 주례를 하러 가야 하는 날이었지만, 약속도 못 지키고 열흘을 넘게 치료를 더 받아야 했다. 아내가 그때 고생을 참 많이 했다. 움직이지 못하는 내 다리를 들었다 놨다 하며 자세를 바꿔주곤 했는데, 아내까지 그만 허리를 삐끗하여 더 이상 간병하기 힘들어졌다.

그런 우리 부부의 모습을 지켜보면서 신부님이 많이 가슴 아파했던 것 같다. 자신이 부모님을 위해 할 수 있는 것이라고는, 고작해야 장 볼 때 무거운 걸 들어주는 것뿐이란 생각이 들었다고 한다. 그래서 늘 마음이 무거웠는데 이제 시설 좋고 안락한 실버타운에 입주한다고 하니, 적어도 식사 걱정만큼은 안 해도 되겠다며 한시름 놓았다는 표정이었다.

우리 부부가 이곳에 온 지도 이제 만 2년이 넘었다. 오히려 이곳에 와서 우리 부부는 전보다 하루하루를 알차고 바쁘게 살고 있다. 각종 운동도 하고 균형 잡힌 식사도 하고 다양한 사람들과 즐겁게 어울리면서, 우리 부부가 지금껏 해오던 일을 병행해 나가고 있다.

이 글을 쓰고 있는 11월만 해도 이런저런 스케줄로 수첩이 꽉 차 있다. 김수환추기경연구소 심포지엄에 초대받아 참석한 것을 시작으로, 우리 부부가 주도하는 문화산책 〈청류회〉 행사인 오페라 마티네 '돈 조반니'를 관람할 예정이고, 청류회 송년회를 겸해서 이미 두 달 전에 12월에 공연되는 '파리 나무 십자가' 음악회를 예약해 놓은 상태다. 11월 중순에는 대학동창 모임에 부부동반으로 참석하여 박경리 문학관과 제천의 의림지를 다녀올 계획이고, 이후에는 아내와 오붓하게 노예들의 합창으로 유명한 오페라 '나부코'도 볼 예정이다. 또한 대한언론인회 출판기념회와 가톨릭 언론인 신앙학교 특강, 오기선 장학회 행사 등등이 줄지어 대기하고 있다.

우리 부부는 이 바쁜 와중에도 시간을 내어 영화와 축구, 야구, 농구 등의 스포츠 관람을 즐긴다. 영화는 이곳에서 한 정거장밖에 안 되는 김포공항에 있는 극장을 주로 애용한다. 아쉽게도 요 근래에는 책을 쓰느라 통 짬을 못 냈지만, 틈틈이 〈도둑들〉〈왕이 된 남자, 광해〉〈더 테러 라이브〉 등의 영화를 보았다. 우리 부부는 결혼 초부터 스포츠 관람 또한 좋아했는데, 명색이 서울대 배구선수였던 아내는 지금도 실버타운에서 포켓볼을 칠 때마다 상대를 압도하곤 한다.

이처럼 아내와 나는 도심형 실버타운에 살면서 부부 둘만의 시간을 즐기는 동시에, 하루하루를 알차게 보내기 위해 노력하고 있다. 더욱이 이곳에도 이미 우리 부부가 신부님의 부모라는 사실을 알고 계신 분들이 많으셔서, 매사에 신중히 행동하고 언행에 각별히 신경을 써야 했다. 그런 이유로 늘 미소를 잃지 않으려고 애를 썼더니 '미스터 스마일'이라는 별칭까지 얻게 되었다.

또 한 가지 이곳 그레이스 힐에 살면서 빼놓을 수 없는 부분이 있다. 놀랍게도 이곳에는 90대 중반의 남성분들이 많이 거주하고 계신다. 더욱 놀라운 것은 그분들 대부분이 건강하게 지내신다는 점이다. 건강한 것뿐만 아니라 90대의 연세에도 삶을 충실하고 보람 있게 사시며 타인의 모범이 되는 분들이다.

해외 공보관장을 역임하시고 얼마 전에 전시회도 크게 여신 바 있는 화가도 계시고, 6·25 때 유격대장을 지내셨던 분은 한시도 책을 손에서 떨어뜨리지 않으신다. 또 어떤 분은 식사가 끝나고 나가실 때마다 나이 어린 사람한테도 꼬박꼬박 먼저 인사를 하신다. 고등학생 때 농구선수였던 한 분은 장기를 무척 잘 두시는데, 요즘 장기에 푹 빠져 있는 내게 한 수 가르침을 주시는 분이다.

많은 분들 중에서도 특히 고려대 학생처장을 거쳐 정부 최고위직까지 오른 분이 계신다. 내 은사님이자 멘토님이시다. 이분은 지금도 한 단체의 명예직을 가지고 계신데, 자동차를 내주겠다는 단체의 제안도 사양하시고 90대 중반의 연세에도 지

하철을 이용하신다. 간혹 몸이 불편하신 분들한테는 실버타운 직원들이 음식을 날라다 주기도 하는데, 은사님은 한 번도 그러신 적이 없다. 당신이 직접 식당으로 내려오셔서 뷔페식인 관계로 무척 복잡한 데도 불구하고, 몇 번이고 줄을 서서 손수 음식을 가져오신다. 또 당신보다 어린 사람한테도 꼭 존댓말을 쓰시고, 걱정되는 마음에 경사진 곳에서 부축해 드리려고 하면 이 또한 극구 사양하신다.

은사님을 비롯하여 이곳에 계신 분들의 일거수일투족에서 많은 것을 보고 배울 수 있어, 우리 부부는 그저 감사할 뿐이다. 더욱이 40대 때부터 건강 때문에 애를 먹었던 나로서는 이곳의 90대 대선배님들이 건강하게 사시는 모습을 보면서 자극을 받게 되었고, 나도 이분들처럼 더 건강하게 더 오래 살 수 있을 것 같은 자신감과 희망이 생겼다. 자신감과 희망이야말로 어떤 약보다 더 이롭다고 하지 않는가.

이분들과 더불어 노년을 좀 더 자유롭고 독립적으로 그리고 보람되고 의미 있게 살겠다는 우리 부부의 바람이 이곳 실버타운에서 이루어진 것이다.

70대도 이곳에서는 젊은이!

남편과 함께 '그레이스 힐'에 입주했을 때는 내 나이 70세 때였다. 남편의 건강도 좋지 않고 나 역시 간병하는 것이 힘에 부쳐서이기도 했지만, 입주 결정을 내리기 전까진 이런저런 생각이 많았다. 그런데 막상 남편과 상의한 후 결심하고 나니 마음이 홀가분해졌다.

우리 부부는 이곳에 들어오기 전, 부부의 추억이 오롯이 새겨져 있는 수천 권의 여행 관련 책들과 수십 박스가 넘는 자료와 기념품들을 모두 기증했다. 그동안의 삶을 정리하는 동시에 남은 인생을 준비하기 위해서였다. 또한 이곳에서의 신나는 새 출발을 위해서였다.

실버타운에서의 생활은 공동생활을 전제로 해야 한다. 즉 집이라기보다는 숙소라고 생각하고 이곳에 사는 분들과 잘 어울려 지내야 하는 것이다. 그래서 우리 부부는 잘 모르는 분들과 마주쳐도 늘 먼저 인사를 건넨다.

프로그램에 참여하지 않는 자유 시간에는 각자 취향에 맞게 1층 로비로 내려와 포켓볼이나 빌리어드를 치거나 대화를 나누고, 지하에 있는 탁구장에서 운동을 한다. 어르신들은 마작이나 화투를 치시기도 한다. 남편과 나는 주로 오전 시간에 수영을 한다.

다행스럽게도 우리 부부가 새롭게 둥지를 튼 이곳 실버타운에는, 노인을 위한 혜택이 무척 다양했다.

연 1회 입주자 건강검진부터 시작하여, 근처 하늘공원이나 용문산 등으로 월 3~4회 야외산책을 가고, 주말마다 교회나 성당을 다니는 분들을 위해 시간 맞춰 모셔다주고 모셔오는 셔틀버스가 제공된다. 또한 사회활동을 하는 분들의 경우, 예를 들면 우리 부부가 얼마 전 '청류회' 행사로 근처에 있는 허준 박물관을 간 적이 있는데, 걸으면 15분 거리인데도 요청만 하면 그 인원수에 맞게 마이크로버스가 제공된다.

이 밖에 외출을 했다가 식사시간에 늦는 경우에도, 프런트에 전화하여 식사를 방에 갖다놓게 할 수 있다. 일종의 룸서비스인 셈이다. 호텔처럼 청소를 해주는 것은 물론 일주일에 1번씩 침대 시트까지 갈아준다. 노인들에게는 병원비도 큰 부담으로 작용한다. 아무래도 병원 갈 일이 많아지기 때문이다. 진료 때마다 약값을 제외하고 1,500원의 병원비가 들어가게 되는데, 이때에도 진료 영수증을 제출하면 2,000원 한도 내에서 매번 월 계산하여 통장으로 입금된다.

물론 우리가 살고 있는 실버타운만 이런 것은 아니겠지만, 노인들을 위한 혜택과 세심한 배려가 돋보이다 보니 살면 살수록 이곳에 입주하기를 잘했다는 생각이 든다.

이곳에서는 70대인 우리 부부가 젊은이에 속한다. 90세가 넘은 분들이 많고, 웬만한 분들도 대부분 80대이다. 우리 부부가 "어려서 좋겠다."는 부러움 섞인 인사를 자주 듣게 되는 이유이다.

남편은 70세가 넘으면서부터 종종 '과거에는 60세까지 사는 것도 어렵겠다고 생각했었는데, 어떻게 여기까지 왔을까?' 하는 생각이 들었다고 한다. 그런데 이곳에 살면서부터 그런 생각을 하는 것 자체가 무색해졌다고 한다. 당뇨에 한쪽 귀에는 보청기를 끼고 있고, 무거운 것도 들기 어려워 자신을 종합병원이라 부를 만큼 건강에 자신 없어하던 남편이었는데, 이분들을 보고 80세를 넘길 것 같은 자신감이 생겼다는 것이다. 80~90세가 넘어서도 하루하루 열심히 사시는 이분들이, 마치 자신의 멘토처럼 느껴졌다는 것이다.

이 도심형 실버타운 거주자들은 우리나라 최초의 안과 의사부터 시작하여 최고위직 공무원, 총장, 교수, 무용단장, 문필가, 화가에 이르기까지 무척 다양하다.

한 가지 재밌는 것은 이곳에서는 주로 사람들을 이름 대신 별명으로 부른다는 것이다. 워낙 사람들이 많아서 몇 호에 살고 있는지 모르는 경우가 많아서, 그 사람의 특징을 살려 별명을 붙인 것이다.

예를 들면 환자 오빠를 돌보며 살고 있는 여동생은 '오빠동생'이라고 부르고, 나이 차이가 많이 나 이상하게 생각한 분들이 알고 보니 부녀지간이어서 그 딸은 '아버지 딸'이라고 부르며, 나는 큰아들이 신부님인 까닭에 '신부님 엄마'로 불리고 있다. 우리 부부의 경우 성직자의 부모여서 처신을 더 조심할 수밖에 없고, 그러기 위해서 항상 주의를 기울이는 편이다.

처음에는 어색했지만 1, 2년 지나니 우리에게 딸이 해온 음식이라며 나눠주는 분들이 생길 만큼 서로 가까워졌다. 더욱이 우리 부부는 유독 사람들 눈에 띄는 편이다. 부부가 식사 전에 성호를 긋고 기도하면서, 오렌지 주스와 저지방 우유로 건배하는 모습 때문이다.

남편과 내가 이렇게 하는 데는 나름대로 이유가 있었다. 신부님의 부모이기도 하지만, 무엇보다 가톨릭을 여러 사람들에게 자연스럽게 전파하고 싶어서였다.

그런 노력 중 하나가 봉사단체 임원들을 초대해 식사대접을 하거나, 이곳에 계시는 50명 넘는 가톨릭 신자 분들의 영명축일(靈名祝日)을 축하해 주는 것이다. 영명축일이란 세례나 견진성사 때에 받은 세례명을 기념하는 날로, 곧 그 이름을 가진 성인이나 복자(福者)들의 축일을 의미한다.

의외로 신자이면서도 자신의 축일을 모르고 지내는 분이 있다. 그런 분들에게 당신의 축일이 이날이라는 것을 알려줌과 동시에, 같은 곳에 사는 사람으로서 부부가 함께 관심을 갖고 있다는 것을 표현하기 위해서였다. 그래서 조그만 선물이지만 여기 계신 어떤 분들에게나 똑같은 선물을 드리곤 한다.

과거에는 우리 부부의 대자와 대녀들이 중심이었지만, 실버타운에 입주한 후부터는 이곳 분들이 우선순위가 되었다.

며칠 전에 '장수의 비밀'이란 제목으로 방영된 EBS 다큐멘터리를 보게 되었다.

예천에 사는 한 부부가 70년을 해로하는 이야기였는데, 지금도 손수 두 분이 유기농 농사를 지으며 살고 계셨다. 남편분이 자연스럽게 스킨십을 하며 부인에게 "밥 해줘서 고맙다." "고추 따오느라 수고했다." 등등의 칭찬을 아끼지 않는 모습이 무척 인상적이었다. 우리 부부 역시 아침에 일어나면 서로 뽀뽀하는 습관을 갖고 있어서인지, 그 모습이 그렇게 좋아 보일 수 없었다.

두 분은 또한 밥상을 차려 경운기로 동네의 독거노인들 집으로 실어 나르는 일을 하고 계셨다. 거기서 그치지 않고 가져간 밥을 직접 먹여드리고 이런저런 잔심부름까지 마다하지 않으셨다. 이분들의 꿈은 100세까지 사는 것이었고, 지금 농사짓고 있는 땅을 팔아서 노인들을 위한 시설을 짓는 것이었다.

이 아름다운 노부부의 장수의 비결은 바로 스킨십과 격려와 칭찬, 그리고 나이가 들어서도 꿈을 갖고 있는 것이 아닐까 생각한다.

그러나 이와는 반대로 나이가 들어서도 여전히 남의 탓만 하는 사람들도 있다. 자신의 입장에서만 타인을 받아들이기 때문이다. 다른 사람을 있는 그대로 받아들이고 이해하면서 서로 다름을 인정하면 되는데, 그걸 하지 못하는 것이다.

이곳 실버타운에는 허리가 너무 굽어 걷기조차 힘든 80, 90세 된 분들이 많이 계신다. 나 역시 그분들을 보면서 '어쩌다 저렇게 되셨을까, 나도 저렇게 되는 것이 아닐까?……' 하는 생각이 들 때가 있다. 그렇지만 나이가 들면 자연히 병이 생길 확률이 높아지고, 그밖에도 갑자기 사고를 당하거나 해서 거동이 불편해지는 것이 당연한 것이다.

그걸 인정하면 그때부터는 저분들이 내가 도와드려야 할 분들이라는 깨달음을 얻게 된다. 특히 이곳에 살면서 더 많이 느끼고 깨닫게 되었는데, 덕분에 마음의 평화를 선물로 받을 수 있었다. 이 모든 것이 타인을 있는 그대로 받아들이려고 애를 쓰고, 스스로 하느님을 믿는 마음을 더 가짐으로써 가능한 일이었다고 생각한다.

남편이나 나나 직장에서 은퇴한 지 이미 오래되었지만, 일거리를 일부러 만들어서라도 하는 편이다. 우리 부부의 일은 크게 두 가지로 나눠볼 수 있다.

하나는 천주교 신자와 재속 프란치스코회의 멤버로서의 역할을 다하는 것이고, 나머지 하나는 여행클럽 2Hyuns' Travel Club과 문화산책 청류회(淸流會)를 이끌어 가는 것이다.

이렇듯 70대 젊은이인 우리 부부는, 이곳 실버타운에서도 여전히 바쁘고 행복한 삶을 살아가고 있다.

매일 바치는 기도

우리 부부의 실버타운에서의 하루 일과는 6시부터 시작된다.

　기상하여 기도시간을 갖고, 로비에 앉아 의무처럼 주요 일간지 4개를 읽는다. 7시부터는 아침식사를, 그리고 다시 지하로 내려가 수영을 하고 잠시 쉬었다가 점심을 먹는다. 이처럼 오전에는 주로 신문 정독, 기도, 운동 등으로 시간을 보낸다.

　점심시간 이후부터 7시 저녁시간 전까지의 시간이, 그러므로 우리 부부의 자유 시간이다. 해야 할 일과 모든 약속 그리고 병원에 가는 일을 가능한 한 이 시간에 해결해야 한다. 성당에 가는 일요일과 방문객이 오거나 여행을 갈 때 등은 예외지만, 대체로 이 범주를 크게 벗어나지 않는다.

　이러한 일과 중에서도 우리 부부가 가장 중요하게 여기는 것은 매일 아침, 점심, 저녁으로 올리는 기도이다.

　우리 부부는 현재 '한국 재속 프란치스코회'에 소속되어 있다. 지금까지 많은 단체에 소속되어 있었는데, 재속 프란치스코회가 우리 부부로서는 마지막 소속 단체인 셈이다.

재속회(在俗會)는 재속 수도회라고도 하는데 쉽게 설명하면 일상생활 속에서 공동의 규칙을 지키는 평신도들로 이루어진 수도회를 뜻하며, 특정 수도회와 연관을 맺고 그 수도회의 정신을 실천하는 단체를 말한다. 즉 신자들이 세속에 살면서 하느님 나라 건설에 힘쓰는 봉헌 생활회인데, 회칙에 따라 살 것을 서약한다. 수도자들이 수도회 안에서 소임을 행하는 것과 달리, 재속회원들은 각자 고유한 직업이나 직분을 가진 상태에서 봉헌 생활의 정신을 실천하며 살아가는 것이다.

우리 부부가 소속된 회는, 아시시 출신의 이탈리아 가톨릭교회의 프란치스코 성인이 창설자이다. 프란치스코 성인은 미국의 샌프란시스코 등의 지명에도 영향을 미칠 정도로 훌륭한 분이셨는데, 청빈한 생활을 강조하며 교육과 포교 등의 사업을 통하여 그리스도의 사랑을 전한 분으로, '예수 그리스도와 가장 닮은 그리스도인'으로 일컬어지기도 한다. 지금 교황님도 프란치스코 성인의 이름을 따셨다.

나는 종신서원을 했을 때부터 지금까지, 타우 십자가 목걸이를 꼭 하고 다닌다. 타우 십자가는 프란치스코 성인이 자신이 쓴 글 끝에 T자를 긋고 서명을 한 데서 유래했다. 나는 잠을 잘 때 외에는 한시도 빼놓지 않는데, 심지어는 세수를 할 때도 마찬가지이다. 십자가에 물을 묻히는 것을 불경스럽게 생각하면서도, 한순간도 내게서 떨어뜨려놓고 싶지 않아서이다.

보통 프란치스코 수도원에서 정식으로 수도 생활을 하는 제1회(남자 수도회, 수사), 제2회(여자 수도회, 수녀)와 구별하기 위해 재속회를 제3회라 부르는데, 재속 제3회원인 평신도들도 정해진 회칙에 따라 살게 된다. 이 프란치스코회의 규칙 중 하나가 하루에 두 번 또는 세 번 기도를 올리는 것이다.

우리 부부는 지금껏 하루도 빼놓지 않고 이 규칙에 따라 생활하고 있다. 특별히 큰아들 김환수 신부님을 위한 기도문은, 내가 직접 만들어 '사제를 위한 기도'란 제목으로 프린트까지 해놓았다. 물론 둘째아들에 대한 기도도 빠지지 않는다.

사실 전에는 우리 가족뿐 아니라 우리 부부의 대자 대녀들과 그 아들딸의 영명축일까지 일일이 챙겨주고 그들을 위해 기도했었다. 요즘은 그걸 제대로 못하고 있어 마음 한쪽이 무겁다. 그러나 그 대신 이곳 실버타운에 계신 분들의 영명축일을 챙겨 드리고 이분들을 위해 기도하고 있다.

우리는 이 기도들을 시작으로 하루 세 번씩 성무일도와 묵주기도 등을 바치며, 부부의 좌우명처럼 늘 기쁜 마음으로 늘 감사하는 마음으로 늘 건강하게 살기 위해 노력하고 있다.

문화산책 '청류회(淸流會)'

남편이 퇴직하고 얼마 안 돼 시인이신 구상 선생님께 퇴직인사를 하러 갔었다.

당시 구상 선생님은 여의도에 있는 성천 (省泉)아카데미의 원장이셨다. 성천아카데미 는 유달영 서울대 명예교수님이 창설하신 곳으로, 주로 동서인문강좌와 미래지향문화강좌, 고전강좌 등 을 통하여 새로운 정신운동의 방향을 제시한 곳이다.

남편은 이날부터 성천아카데미에 등록하여 다니게 되었고, 동기생들과도 돈독한 관계를 유지하였다. 졸업 후에는 모임을 갖고 회장으로 뽑히기도 했는데, 그 모임이 현재까지도 유지되고 있는 문화산책 '청류회(淸流會)'이다.

청류회란 이름은 유달영 교수님이 지어준 것이다. 유달영 교수님은 구상 선생님과는 형제 같은 분으로 1930년대부터 농촌 계몽에 몸담은 이후 농촌 부흥과 자연보호 활동에 헌신해 왔으며, 사재를 털어 성천문화재단을 설립한 분이시다.

이렇게 탄생된 청류회는 여러 사람의 도움으로 17년이 지난 지금까지도 순조롭게 운영되고 있다. 이 모임은 주로 지긋한

연배의 전직 대학교수와 언론인, 은행장, 예술가, 문인 등의 문화에 관심 있는 사람들로 구성되었다.

월 1회씩 연극, 영화, 음악, 오페라, 그리고 각종 전시회와 박물관 참관은 물론이고 '포도주 시음회', '테이블 매너 실습을 겸한 만찬' 등의 행사도 갖고 있는데, 매달 내용을 바꿔가면서 모임을 갖고 있다.

이 모임에는 정해진 회비가 없다. 꼭 필요한 비용, 예를 들면 입장료에 식사대금 만 원씩을 합해 걷는다.

그러자니 당연히 이 모임의 총무들이 바쁠 수밖에 없었다. 문안을 짜는 것부터 시작하여 전자우편을 보내고, 식사장소를 물색하고, 조금이라도 비용을 절감하기 위해 경로할인을 해주는 전시관을 찾아내는 등등, 이 모든 것을 총무가 도맡아 하기 때문이다. 그동안 여자 총무님들이 애를 참 많이 써주셨다. 이 자리를 빌려 감사의 인사를 전한다.

그런데 5년 전부터 이 총무 직이 내 차지가 되었다. 여러 가지로 너무 할 일이 많아, 요즘은 며느리의 도움을 받고 있는 형편이다. 타이핑을 잘 못하는 관계로 며느리에게 문안을 불러주거나 팩스를 보내 서류를 작성케 하는 것이다. 물론 고마운 마음에 수고비만큼은 챙겨주고 있다.

사실 행사 때 받는 만 원으로는 결손이 나기 십상이다. 그도 그럴 것이 입장료는 별도로 한다고 하더라도 식사대와 커피 값, 우편료에 수고비까지 드는데다, 행사를 준비하기까지의 시간 소모를 생각하면 힘에 겨울 때가 많다. 그러나 힘은 들어도 굉장히 의미 있고, 나름대로 사회에 기여하는 일이어서 큰 보람을 느끼고 있다.

2004년 11월, 청류회 11월 행사로 중앙박물관 관람
청류회 회원들과 함께

우리 부부는 대략 두 달 전부터 모임 준비를 한다. 이는 좀 더 좋은 공연이나 전시회, 행사 참여 등을 좀 더 알뜰한 경비로 치르기 위해서이다.

그러기 위해서 인터넷과 신문의 문화면을 뒤지고, 가까운 곳에 위치한 국내의 고적에는 직접 답사를 다녀오기도 한다. 남편이 아침마다 신문 4개를 빠지지 않고 읽는 것도 이런 연유에서다. 그렇게 찾아낸 것 중 참가자들의 가장 큰 호응을 얻었던 것은, 얼마 전 다녀온 영동 포도주 기차여행이었다.

지금까지도 남편은 이 청류회의 회장직을 훌륭하게 소화해

내고 있는데, 나는 남편을 볼 때마다 그가 KBS 프로듀서로서 명성을 날린 것이 이유가 있는 것임을 실감하게 된다. 리더십은 말할 것도 없고 기획력과 연출력에서 탁월한 능력을 발휘하여, 17년이 넘는 기간 동안 이 모임이 잘 유지되고 있는 것이다. 월 1회씩 거의 빠지지 않고 17년을 지속해 온 덕분으로, 내년 1월에는 뜻깊은 200회 기념행사가 계획되어 있다.

어떻게 보면 나이 많은 사람들은 문화계와 예술계에서도 사각지대에 놓여 있다고 볼 수 있다. 영화나 음악은 물론이고 각종 공연과 전시회까지 젊은이들 위주로 흘러가고 있기 때문이다. 또한 젊은이들 못지않게 관심은 있어도 어디에서 무엇을 하고 있는지에 대한 정보가 부족하여, 문화와 예술을 체험하지 못하는 경우가 허다하다.

이런 분들을 위해서라도 우리 부부는 조금이라도 더 발로 뛰어, 멋진 문화와 예술을 흠뻑 향유하실 수 있게 그 기회를 만들어드릴 생각이다. 타인을 위해 헌신하고 봉사하는 것을 기쁨으로 생각하고 보람으로 여기면서 말이다.

은퇴 후에도 의미 있는 삶을 살려면

요즘 언론매체에 자주 등장하는 말 중 망팔 (望八)이란 말이 있다. 말 그대로 팔십을 바라본다는 의미이다. 은퇴하는 나이를 대략 60세로 본다면, 정기적인 수입이 끊기고 20년 가까이를 백수생활을 해야 하는 것이다. 더욱이 요즘 같은 백세시대에는 그 기간이 훨씬 늘어나게 될 것이다.

65세 이상의 노인 인구가 7% 이상이면 고령화 사회라고 한다. 세계에서 고령화가 가장 빠르게 진행되고 있는 우리나라의 경우, 현 추세대로라면 2025년경 5명 중 1명이 노인이 된다는 얘기이다. 고령화는 어쩔 수 없이 정신과 건강의 약화를 초래하고, 불가피하게 경제활동과 소비를 위축시킨다. 따라서 노인들은 걱정이 많아질 수밖에 없다.

작년에 우리나라에서도 상영되어 화제가 된 일본 다큐멘터리 영화가 있다. 마미 스나다 감독의 〈엔딩노트〉이다.

주인공은 40여 년간의 샐러리맨 생활을 마치고 말기 암 6개월 판정을 받게 된다. 그러나 예상치 못한 죽음 앞에서 슬퍼하기보다는, 남은 시간 동안 아버지로서 가족을 위해 무엇을 할 것인가를 고민하며 꼼꼼하게 리스트를 작성해 나간다.

'평생 믿지 않았던 신을 믿어보기' '한 번도 찍어보지 않았던 야당에 표 한 번 주기' '일만 하느라 소홀했던 가족들과 여행가기' 등등 자신만의 '엔딩노트'를 준비한 것이다.

이 주인공을 통해서 바라보면, 은퇴 후에도 의미 있는 삶을 살기 위해서는 다음의 다섯 가지 요소가 중요하다고 할 수 있다. 건강, 경제적 자립, 일, 재미, 친구가 그것이다.

이 중 건강은 노년기에 접어든 사람이라면 누구나 첫 번째로 걱정하는 문제일 것이다.

건강이 그다지 좋은 편이 아니었던 나 역시 마찬가지였다. 몇 년 더 할 수 있는 프로듀서 일을 과감히 포기하고 은퇴를 선택한 데에는, 더 늙기 전에 '부부 배낭여행가 1호'라는 명칭에 걸맞게 살겠다는 명분도 있었지만, 사실 건강에도 그다지 자신이 없었기 때문이다.

프로듀서라는 직책은 아이디어가 생명이다. 그런데 언제부턴가 회의 때에도 멍하니 있게 되고 건강에도 적신호가 켜졌다. 지금껏 아내에게도 말하지 않은 사실이지만, 이런 이유들 때문에 은퇴를 앞당긴 것이 내 솔직한 고백이다.

그때 생각으로는 60세도 넘길 수 없을 것 같았다. 그래서 60세를 삶의 종착점이라 생각하고 거기에 맞춰 모든 준비를 했다. 아내와 자식들을 덜 힘들게 하려고 보험에 들었고, 인터뷰 오는 사진기자들에게 부탁해 영정사진을 모으기 시작했으며, 내 부음을 알릴 명단도 미리 만들어 두었다. 그때부터 지금까지 모아둔 영정사진만 해도 12장이다. 내가 언제 어느 때 세상을 떠나더라도, 남은 가족들이 뒤처리를 하기 쉽게 준비해 둔 것이다.

　누군들 건강하고 싶지 않겠는가. 다행히 나보다 훨씬 나이 많으신 분들이 실버타운에서 건강하게 지내시는 모습을 지켜보면서, 조금씩 자신감을 회복하고 있다. 규칙적인 운동과 식이요법을 병행하고 있는 것도 자신감을 키우는 데 한몫했다. 다만 가까스로 수명을 연장시키려고 노력하지는 않는다. 하느님께서 정해주신 시간만큼 건강하게 살다가 가는 것이 지금 나의 소망이다.

2009년, 터키
2Hyuns' Travel Club 회원들과 함께

건강 이외의 경제적 자립, 일, 재미, 친구에 관해서는 나뿐만 아니라 아내 역시 행복한 편에 속한다. 부부 둘 다 명예퇴직을 하면서 받은 퇴직금을 허투루 쓰지 않았고, 70대가 넘어서도 2Hyuns' Travel Club과 문화산책 청류회를 이끌고 있으며, 좋아하는 일을 하는 만큼 재미를 느낄 수밖에 없고, 아내의 제자들을 비롯하여 우리 부부를 아끼고 위해 주는 벗들이 많으니, 참 의미 있고 행복한 노년이라 할 수 있다.

이에 더하여 천주교 신자로서 하느님의 말씀을 행동으로 옮기기 위해 노력하는 것도, 우리 부부의 노년의 삶을 밝게 비추는 등불이 돼주었다.

물론 내가 이렇게 행복한 노년을 보내게 된 데에는 아내의 도움이 가장 컸다.

건강을 지키기 어려운 여건이어서 이곳 실버타운으로 이사를 오게 되었는데, 아내는 지금도 당뇨가 있는 나를 위해 아침마다 토마토, 양상추, 견과류에 올리브유를 끼얹은 샐러드를 직접 만들어 준다. 때로는 먹는 것에 대한 간섭이 너무 심해 귀찮기도 하지만, 그 덕분에 보는 사람마다 건강이 좋아졌다고 한마디씩 하곤 한다. 언제나 한결같이 정성껏 보살펴 주는 아내에게 고마울 따름이다.

그 다음으로는 우리 부부가 지금껏 허송세월을 보내지 않고 늘 바쁜 사람으로 살기 위해 애를 썼기 때문이 아닐까 싶다.

100세시대에 한 발 다가선 지금, 은퇴 후의 시간을 어떻게 살아야 더 건강하고 더 행복하게 살 수 있을지 미리미리 생각해 두어야 한다. 부부가 함께 목표를 정하여 이에 대한 철저한 준비를 하고 이를 실천하는 것이야말로, 은퇴 후에도 의미 있는 삶을 살 수 있는 가장 현명한 방법일 것이다.

눈부신 황혼

뜨거운 열정으로 열심히 앞만 보고 달렸던 젊은 날에는, 황혼이 얼마나 아름다운지 미처 깨닫지 못했다. 노년의 삶에 대한 진지한 접근이 없었던 탓이다. 그러나 이제는 안다. 저녁놀 중에서도 황혼이 가장 뜨겁고 눈부시다는 사실을.

어떤 삶을 살았든, 황혼녘에 이른 사람의 모습은 아름답다. 인생길의 크고 작은 고비를 넘기며 여기까지 걸어온, 자신만의 애틋한 발자취가 고스란히 담겨 있기 때문이다. 그렇게 삶이라는 것은 그 자체로서 아름다운 것이다.

그러나 나이가 들면 자의 반 타의 반으로 많은 것을 잃게 된다. 그 첫 번째가 신체적 건강이지만, 나는 신체적 건강 못지않게 정신적 건강이 중요하다고 생각한다. 몸은 다소 불편해질지언정 그 사실 자체를 인정하고 긍정적으로 생각할 줄 아는 정신력이 뒷받침된다면, 노년기의 삶이 훨씬 여유로워질 것이다.

요즘은 치매에 걸리는 연령대가 점점 낮아지고 있다. 노년기에 걸리는 병으로만 알았던 치매를 젊은 세대들도 앓기 시작한 것이다. 그만큼 사람의 정신, 즉 뇌 건강이 얼마나 중요한지를 한 번 더 느끼게 된다.

남편도 그렇지만 나 역시 기억력이 많이 떨어졌다. 그러나 우리 부부는 나이가 들면 어쩔 수 없는 일이라고 체념해 버리거나, 마냥 손 놓고 있지는 않는다. 언제나 치매 예방과 뇌 건강을 위해 여러 가지 정보를 찾아서 읽고, 그것들을 실천하기 위해 꾸준히 노력한다.

얼마 전 신문에서 가수 현미 씨의 치매 예방에 관한 글을 읽었다. 어느새 70대 중반인 그녀는 21년째 노래교실에서 학생들을 가르치며, 여전히 활발히 활동하고 있다. 그 덕분인지 그녀의 뇌혈관 나이가 30대라고 하니 정말 놀랍다.

노래교실에서 그녀는 가사를 보지 말고 외워서 불러야, 치매에 안 걸리고 건강하게 오래 산다고 강조한다. 2주에 한 번은 꼭 신곡을 배우는데, 그만큼 머리를 쓰게 되니까 뇌 건강에는 최고라는 것이다. 이처럼 나이가 들어서도 열심히 배워야, 뇌세포를 자극해 기억력이 안 떨어진다는 것이다.

어머니도 치매였던 가족력 때문에, 그녀 역시 나이가 들면서 자연스레 치매 예방에 힘쓰게 됐다고 한다. 치매 예방을 위하여 뇌를 자극하는 활동, 규칙적인 생활, 긍정적인 마음 갖기 등을 추천하면서 그녀는 자신의 비법 몇 가지를 소개했다. 지인들 전화번호를 외우고, 계산은 꼭 암산으로 하고, 신곡은 물론이고 예전에 불렀던 팝송도 기억을 되살려 불러본다는 것이다. 규칙적인 생활을 위해서 방송 녹화가 없는 날에도 8시간 수면과 운동, 소식(小食)만큼은 꼭 지킨다면서, 가장 중요한 건 긍정적인 마음과 성격임을 강조했다.

그러고 보니 그녀의 건강 비법과 우리 부부의 건강 비법이 많이 비슷하다. 남편과 나 역시 몇 가지 원칙을 정해 놓고 지키고 있는 것이다.

세상없어도 아침식사는 7시에, 점심은 12시에, 저녁은 6시 전후에 거르지 않고 조금씩 먹는다. 실버타운의 프로그램 덕분에 규칙적인 운동(주로 수영)도 할 수 있고, 책과 신문을 가까이하며 자주 읽는다. 또한 만병의 원인인 스트레스를 받지 않기 위해 자신을 내려놓고, 오늘이라는 삶의 선물을 늘 감사히 여기려고 노력한다.

　남편과 나는 행복하다. 70대가 넘어서도 일거리가 있어 행복하고, 일거리가 없으면 만들어서라도 하기 때문에 행복하다. 또 부부 둘 다 그런대로 건강해서 행복하고, 성가정(聖家庭)을 이루어서 행복하며, 서로 사랑하니까 행복하다. 이만하면 꽤 아름답고 눈부신 황혼이지 않을까 싶다.

　우리 부부가 이렇게 스스로 행복하다고 여기는 것은, 작은 것에도 감사할 줄 아는 긍정적인 생각 덕분이다. 그리고 이것이 바로 70대가 넘어서도 부부가 신나게 살 수 있는 원동력인 것이다.

고마운 분들

한국 첫 재속 프란치스칸 사제 오기선 신부님

 몇 해 전 7월 30일, 용인에 위치한 서울대교구 성직자 묘지에 500여 명의 사람들이 몰려들었습니다. 오기선 요셉 신부님의 9주기 추모미사에 참례하기 위해서였습니다. 지금은 하늘나라로 가신 김남수(金南洙) 주교님과 신부님 다섯 분이 공동으로 미사를 집전하셨으며, 사람들의 추모 열기는 9년이 지난 이때까지도 무척 뜨거웠습니다.

추모객들은 마치 오기선 신부님을 좀 더 가까이에서 느끼려는 듯, 꽃을 바치면서 무덤 위에 손을 올려놓거나 잔디를 정성스레 쓰다듬었습니다. 그 광경을 바라보고 있던 아내와 저는

진한 감동을 받았습니다.

아무리 오기선 신부님의 행적과 업적이 남달랐다 해도 한 사람을 추모하기 위해, 매년 이 정도의 인파가 몰려든다는 것은 예사로운 일이 아니었습니다. 세월이 흘러도 신부님에 대한 사랑과 존경이 조금도 식지 않는 것을 보면서, 저희 부부는 그분에 대해 다시 한 번 생각하게 되었습니다.

오기선 신부님과의 인연은, 제가 50년 전 동양방송 프로듀서로 재직 중일 때로 거슬러 올라갑니다. 당시만 해도 매스컴을 통해 천주교를 세상에 적극적으로 알리는 것이, 금기시되는 분위기였습니다. 그런 분위기 속에서도 오기선 신부님은 프란치스코 수도원, 살레시오 수도원 등을 직접 소개해 주시는 참으로 앞서가는 신부님이었습니다.

한국인 사제 중 운전면허 1호로 지프차를 몰고 다니던 멋쟁이 신부님이었고, 형제사제 1호이며, 심지어는 양복을 입은 사제 1호(동경에 파견될 때의 위장복)인 동시에 문제아 한 명 없이 3천여 명의 고아를 길러낸 '고아들의 대부'이기도 했습니다.

순교자 집안에서 태어나 세상 떠나는 날까지 순교의 흔적을 찾아 세계 곳곳을 누비고 다니신 사제이며, 무더운 여름에도 로만칼라(Roman Collar)의 단정한 옷차림으로 매사에 품위를 잃지 않았던 분입니다. 또한 "다시 태어나도 사제의 길을 가겠다."고 하실 만큼, 사제직에 대한 무한한 애정과 소명을 고백하며 혼신을 다해 목자의 길을 걸어가신 분입니다. 그렇게 철저한 신앙심과 선각자적인 사고방식, 그리고 누구에게나 격의 없는 태도로 사람들을 자연스럽게 하느님께로 이끄신 분입니다.

오기선 신부님은 제가 실례를 무릅쓰고 새벽에 전화를 걸어 세례 문의를 했을 때도, 옴짝달싹 못하게 저를 꽉 붙들어 주신 분이기도 합니다. 그렇게 신부님의 배려로 제가 세례를 받게 되자 성가정(聖家庭)의 수호자 성인인 '요셉'이란 이름을 지어주셨고, 그 바람에 아내까지 '요셉피나'라는 본명을 얻게 되었습니다. 그 후 저희는 요셉 성인을 더욱 공경하게 되었고, 그분의 모범을 본받아 저희에게 맡겨주신 가정을 성가정이 되게 해야겠다는 사명감을 갖게 되었습니다.

또한 저희 부부에게 세례와 혼인성사를 집전해 주신 오기선 신부님은, 저희의 두 아들에게도 세례를 주셨고 아들들이 형제 복사(服事)가 됨을 축복해 주셨습니다. 그리고 큰아들이 신학생이 되었을 때는 당신 일처럼 무척이나 기뻐하셨습니다.

저희를 만날 때마다 큰아들은 교구 신부가 되고, 둘째아들은 수도회 신부가 되었으면 좋겠다고 하시며 활짝 웃으시던 오기선 신부님! 저를 시작으로 저희 일가족 22명이 모두 주님 품에 드는 기틀을 마련해 주셨던 오기선 신부님!

그랬던 신부님이 몇 해 전 그렇게도 무덥던 날에 하느님 품으로 가셨습니다.

요셉성월인 3월, 그것도 3월 19일 요셉 대축일이 되면 저희 가족처럼 은혜를 받았던 수많은 사람들이, 한국 첫 재속 프란치스칸 사제였던 그분을 추모하리라 생각합니다.

저희 부부 역시 한국 재속 프란치스코회 75주년을 맞아, 훌륭한 프란치스칸의 삶을 살다 가신 신부님의 모습을 글로 담기로 했습니다. 2012년 9월에 출간된 「한국 첫 재속 프란치스칸 사제 오기선」이 바로 그것입니다.

오기선 신부님은 한국 천주교회의 큰 별이자 거목으로서, 우리 교회에 끼친 영향이 적지 않습니다. 그 공로 또한 필설로 표현하기 어려울 정도로 지대하십니다. 그렇게 크신 신부님을 가까이에서 자주 뵐 수 있었던 것이 저희에게는 크나큰 행운이자 영광이었습니다.

본당에서 미사가 끝나면 항상 프란치스칸 수도복(당시 프란치스코 3회 수도복)을 입고 계셨던 모습이 지금도 눈에 선합니다. 그래서 저희는 재속 프란치스코회 회원이 되기 전부터 신부님의 모습을 보면서, 프란치스칸의 삶을 생각하게 되었습니다.

신부님이 돌아가신 후 2005년부터는 그분을 그리워하며 그분의 뜻을 따르겠다고 다짐한 사람들이 모여, '오기선 요셉 장학회'를 설립했습니다. 지금도 매월 장학회 미사와 모임을 갖고 어려운 형편의 고아들에게 장학금을 수여하고 있습니다.

신부님은 언제나 가난하고 어려운 이웃들에게 친구가 되어주셨습니다. 그런 신부님의 마음을 기억하며, 저희 부부도 신부님께 받은 많은 영적 선물들을 나눠야겠다고 생각했습니다. 아내와 함께 쓴 오기선 신부님의 일대기 「한국 첫 재속 프란치스칸 사제 오기선」이 나오게 된 이유입니다.

자칫 저희 글이 부족하여, 오기선 신부님의 올곧은 삶을 표현하는 데 누가 되지 않을까 걱정이 앞섰습니다. 하지만 그러한 부족함까지도 신부님은 천국에서 감싸 안아주실 것이라고 믿습니다. 사실 이 책을 엮는 동안 제 건강이 악화되어 병원에 입원하는 위기의 시간을 보내면서도, 저희 부부는 많은 감사를 느끼며 행복했습니다.

신부님께서 재속 프란치스칸 사제로서 얼마나 모범적인 삶을 살았으며, 우리에게 얼마나 큰 빛이 되어주셨는가를 새삼 깨달았기 때문입니다. 오기선 신부님의 삶 자체가 우리에게는 어떤 웅변보다도 설득력 있고 감동적인 것이었습니다. 신부님의 열린 생각과 신앙에 바탕을 둔 열정이야말로, 프란치스칸이 지녀야 할 기본적인 자세가 아닌가 생각합니다.

오기선 요셉 신부님, 신부님이 지금도 몹시 그립습니다! 영원한 안식을 누리소서!

〈평화신문〉

아, 그리운 김몽은 신부님

 몇 해 전 남편과 함께 참석한 오기선 신부님의 추모미사에서, 김몽은 신부님의 누이동생을 뵙게 되었습니다. 미사가 끝난 후에 보니까, 그 누이동생 분이 오빠의 묘 앞에서 통곡을 하며 울고 있었습니다. 저희 부부는 그 모습을 보며 가슴이 먹먹해졌고, 김 신부님 생각이 참 많이 났습니다.

김몽은 신부님은 남편과는 특별한 인연이 있었던 분입니다.

남편이 김 신부님을 처음 뵌 것은 대방동성당에서였습니다. 어느 주일날 대방동성당의 11시 교중미사에 갔더니, 그 당시 주임신부님이었던 오기선 신부님이 보좌신부로 온 분을 소개해 주었습니다. 그분이 바로 김몽은 신부님이었습니다.

신품성사를 받은 사제들의 대부분은 본당의 보좌신부로 나가는 것이 통례지만, 김몽은 신부님은 파리에서 공부하다가 중간에 서품을 받고 계속해서 학위를 위한 공부를 했기 때문에, 오랜 시간 본당에서 사목할 기회가 없었습니다. 김 신부님이 오기선 신부님이 계신 성당의 보좌로 오시게 된 배경은, 오 신부님이 천주교 서울대교구의 원로 신부님 중 한 분일 뿐 아니라 본당을 맡고 계신 현역 중에서 가장 연로하고 관록이 있기 때문이 아니었을까 합니다. 특히 '호랑이 신부'라는 별명까지 붙어 있는 오기선 신부님 밑으로 오시게 된 데는, 주교님의 특별한 배려와 뜻이 있었다고 생각합니다.

김몽은 신부님이 주임 신부님이 되어 떠나고 훗날 춘천 교구장으로 계셨던 장익 주교님이 로마에서 공부하고 돌아오셨는데, 장 신부님이 김몽은 신부님 후임으로 오기선 신부님 밑에서 보좌 역할을 하셨던 것만 봐도 그렇게 짐작하는 것이 무리는 아닐 듯합니다.

김몽은 신부님은 미사를 끝내고 돌아가는 신자들과 일일이 악수를 나누시곤 했습니다. 신부님이 악수를 청하면 할머니들이 어쩔 줄 몰라 하던 모습이 지금도 눈에 선합니다.

저희 부부는 그때 수유리에 살고 있었는데, 대방동까지 미사를 드리러 가다 보면 오전시간이 다 소요되곤 했습니다. 때문에 미사가 끝나면 오기선 신부님의 배려로, 사제관에서 점심을 먹은 다음 오후 늦게 집으로 돌아오는 것이 주일날의 일과였습니다. 그 덕분에 김몽은 신부님과도 자리를 같이할 수 있는 기회가 많아졌습니다.

김 신부님과 이런저런 이야기를 나누다 보니, 신부님의 운전면허증을 갱신할 때는 남편이 직접 모시고 갈 정도였습니다. 신부님과 함께 한남동 운전면허 시험장에서 줄을 서 있을 때였다고 합니다. 책임자가 지나가다 신부님을 보고는 "저기 서 있는 외국 분 좀 빨리 해드려."라며 부하 직원에게 지시를 했습니다. 베레모에 파이프 담배까지 물고 계신 김 신부님을 외국인으로 착각했던 것입니다.

이후 김 신부님은 대방동성당의 보좌를 끝내시고 천호동 본당의 주임신부로 발령을 받으셨다가, 얼마 안 돼 다시 수유동 본당으로 자리를 옮기셨습니다. 저희 집에서 가까운 수유동성당에서는 주일날 외에도 신부님을 자주 뵐 수 있었습니다.

그런데 당시 수유동성당에서는 신자들의 신축기금을 모금하고 있었습니다. 저희가 알기로는 그때 김 신부님이 상당액의 신축헌금을 내셨는데, 그 배경에는 신부님의 아버님인 김관택 회장님의 특별한 도움이 있었기 때문입니다. 아버님께서 큰아들 신부님을 위해 많은 것을 배려하셨기 때문에, 수유동 본당의 신축금도 그만큼 빨리 모을 수 있지 않았나 싶습니다.

김 신부님이 사제 양성과 수녀 양성에 특히 심혈을 기울였고, 이런 노력 덕분에 김 신부님을 아버지로 해서 많은 신부님과 수녀님이 탄생할 수 있었습니다.

이밖에도 신부님이 기회가 닿을 때마다 하모니카를 불던 모습이, 지금까지도 인상 깊게 남아 있습니다.

절친한 신부님들이 여러 분 계셨는데, 그중에서도 몇 년 아래의 유재국 신부님은 고향이 평양인 것도 같았고, 일가가 되시는 걸로 알고 있습니다. 그래서 유재국 신부님은 형님처럼 친구처럼 김몽은 신부님과 허물없이 지내셨고, 두 분이 항상 즐거운 형제 같은 모습이었습니다. 지금도 저희 마음속에 남아 있는 장면 중 하나는, 김몽은 신부님이 하모니카를 불고 유재국 신부님이 발레를 하시던 모습입니다.

그 후 김몽은 신부님은 주교님의 부름을 받아 천주교 서울대교구의 상서국장이 되셨습니다. 김수환 추기경님께서 김 신부님에게 상서국장, 비서실장, 그리고 홍보를 담당하는 등의 여러 가지 직책을 맡기셨던 것입니다. 그런 이유로 남편하고는 더 각별한 사이가 되었습니다. 남편이 가톨릭 저널리스트클럽, 그러니까 지금의 가톨릭 언론인협의회 회장을 맡고 있으면서 김몽은 신부님을 지도신부님으로 모셨기 때문입니다.

김 신부님은 성품이 무척 따뜻한 분이셨고, 유머 역시 매우 풍부한 분이었습니다. 늘 사람들을 즐겁게 해주시고, 사람들이 신부님을 가깝게 느끼게 해주셨습니다.

악기 연주도 잘하실 뿐만 아니라, 성직자의 품위를 잃지 않는 범위에서 가벼운 농담으로 사람들과 격의 없이 지내시는가 하면, 음악회를 겸한 행사를 통해 대중의 화합을 위해 애쓰셨습니다. 또한 신부님은 보스 기질도 있지 않으셨나 싶습니다. 뛰어난 친화력과 타고난 유머 감각으로 모임의 분위기를 부드럽게 해주시는 데다, 모임에 소요되는 비용까지 잘 부담하셨으니 사람들이 얼마나 좋아했겠습니까.

앞에서도 잠시 언급했지만 경제적인 부분은 평양신우회장을 하시면서 사업체를 갖고 계시던 신부님의 아버님께서, 장남을 위해 재정적으로 후원하셨기 때문에 가능했을 것입니다. 저희 부부는 김 신부님의 아버님인 김관택 회장님께서 아드님이 훌륭한 사목을 할 수 있도록 경제적으로 후원하는 모습을 보면서, '저희도 아들이 신부님이 되면 저렇게 도와야겠구나.' 하는 깨달음을 얻었습니다.

이외에도 김몽은 신부님이 종교협의회 회장을 하실 때 여러 종교 지도자들 중에서도 매우 뛰어난 모습을 보여주셨는데, 천주교 신자인 저희로서는 그 점이 무척 자랑스러웠습니다. 남편에게는 김 신부님이 아시아 가톨릭 신문인 모임에서 유창한 외국어 실력을 바탕으로, 회장 역할을 훌륭하게 수행하시던 모습이 또렷하게 남아 있다고 합니다.

김몽은 신부님은 응암동성당 주임신부로 사제직에서 은퇴하셨습니다. 응암동성당에서의 은퇴식에서, 평신도를 대표하여 전 신자 앞에서 축사하는 기회가 남편에게 주어져 무척 기쁘고 감사했습니다. 그 후에도 종교협의회 행사를 비롯하여 음악회와 여러 모임에서 신부님을 자주 뵈었지만, 남편은 특히 정초에 예전의 가톨릭 언론인회 회장단과 함께 새해 인사를 드리러 찾아뵈었을 때의 모습을, 아직도 잊을 수 없다고 합니다.

저희 부부가 김몽은 신부님을 마지막으로 뵌 것은 2005년 10월경입니다.

가톨릭 매스컴 위원회에서 오랫동안 활약하신 미국인 설리반(한국이름 반예문) 신부님이 사제로 서품된 지 50년 되는 해인, 금경축(金慶祝)을 맞아 한국에 오셨을 때였습니다. 주인공인 반예문 신부님과 김몽은 신부님, 정광모 회장님, 그리고 저희 부부가 자리를 같이하여 조촐하게 식사를 했습니다.

2005년 10월, 반예문 신부 서품 50주년 기념
김몽은 신부(선종 한달 전)·정광모 회장과 함께

그런데 기념촬영으로 마무리한 그날의 모임이 이 땅에서 신부님과 같이한 마지막 행사였고, 그날의 식사가 이 세상에서 신부님과 함께한 마지막 만찬이 되었습니다. 저희 내외가 부부 배낭여행가로서 오랫동안 해외여행을 하고 돌아와 보니, 신부님께서 돌아가셨다는 소식이 기다리고 있었던 것입니다. 그때의 심정을 어떻게 표현해야 할까요.

가슴이 먹먹했고, 특히 그 자리에 참례하지 못하여 오래도록 가슴이 아팠습니다. 게다가 사람들에게 잘 알려지지 않은 상태에서 돌아가셨다는 얘기를 듣고, 안타까운 마음이 더했습니다. 저희 부부처럼 신부님이 돌아가셨을 때 참례하지 못한 사람들이 많았기 때문에, 옛 가톨릭 언론인들이 주도하여 사도요한,

그러니까 김몽은 신부님의 본명축일에 그분을 추모하는 미사를 드렸습니다. 매스컴 위원회에서 같이 활동하셨던 김정수 신부님 집전으로 명동에 있는 성 바오로딸 서원 3층에서 거행된 미사에, 감사하게도 신부님을 기억하는 많은 분들이 참례해 주었습니다.

아, 김몽은 신부님! 천상영복(天上永福)을 누리시길 빕니다. 아멘.

내가 만난 김수환 추기경님

저는 김수환 추기경님이 서울대교구장으로 부임한 후, 일반 언론으로서는 최초로 서울대교구장을 인터뷰한 언론인이었습니다. 김 추기경님은 분주한 일정 안에서도 가톨릭 언론인들이 요청하는 모임과 행사에는 한 번도 빠지지 않고 참석하실 만큼, 언론에 대한 이해가 깊으셨던 분입니다.

첫 인터뷰는 김수환 추기경님이 부임하신 지 두어 달 지난 후에 이루어졌습니다. 당시 동양방송(TBC)-라디오 PD였던 저는, 특별인터뷰를 기획하여 직접 추기경님 인터뷰에 나섰습니다. 이 인터뷰는 김 추기경님이 교구장으로서 처음 목소리를 낸 일반 언론 데뷔의 자리였습니다. 그즈음 한국 교회는 사실 대사회적인 홍보와는 담을 쌓았다고 해도 과언이 아니었습니다. '고아들의 아버지'로 불리던 오기선 신부님께서 언론에 모습을 드러내는 정도가 다였습니다. 교구장 비서로 활동하시던 장익 주교님의 배려로, 저는 재빨리 일정을 잡고 인터뷰를 위해 명동 주교관을 찾았습니다.

김 추기경님의 첫인상은 죄송스러운 말씀이지만 조금 촌스럽다는 느낌이었습니다. 얼굴도 순박한 편이셨고, 복장도 대주교 복장이 아닌 일반 사제들과 전혀 차이가 없는 모습이었습니다. 그런데 한두 마디 대화가 이어지면서 보통 분이 아니라는 느낌을 받았습니다. 성직자에게는 결례가 될 수 있는 짓궂은 질문에도 매우 진솔하게 대답하시는 모습이, 더욱 인상 깊게 남았습니다. 김 추기경님은 언론의 올바른 역할과 소명에 대해서도 깊은 이해를 갖고 계셨는데, 그러한 면모는 오래 지나지 않아 두드러지게 나타났습니다.

전국에 생중계되며 세상을 뒤흔들어 놓은, 추기경님의 성탄 전야 미사강론이 그것입니다. 1971년 성탄전야, 잘 알려진 대로 김 추기경님은 그야말로 경천동지(驚天動地)할 일을 터뜨리셨습니다. 그 당시만 해도 예수성탄대축일 전야에는 으레 자정미사를, KBS-TV와 CBS-라디오에서 전국에 생중계하곤 했습니다.

여러 생중계 프로그램 가운데 미사 중계는, 비교적 안정적으로 진행할 수 있는 프로그램입니다. 때문에 미사가 시작되자 촬영과 편집을 실시간 수행하는 PD 외의 스텝들은, 다소 긴장을 풀고 있는 상태였습니다. 그 분위기는 강론이 시작된 때에도 별반 차이가 없었습니다. 그런데 갑자기 KBS 방송국 전체가 들썩이기 시작했습니다.

"우리는 누구나 우리의 고질적 부패와 사회불안의 연원이, 현재의 부조리한 권력과 금력의 정치체제에 있다는 것을 알고 있습니다. 여기에 진실로 과감한 혁신이 없으면 부정부패 일소는 도저히 기대할 수 없습니다……. 정부나 교회나 사회 지도층은 국민의 소리를 들을 줄 알아야 합니다. 그들의 양심의 외침을 질식시켜서는 안 됩니다……."

김 추기경님이 주머니에서 종이를 꺼내들고 강론을 이어가자, 생방송 중계 팀을 향해 방송국 각 부서 책임자들의 전화에 이어 문공부에서 전화가 빗발쳤습니다. 결국 이 미사는 전국 생중계 도중에 중단되고 말았습니다. 그리고 강론 내용과 아무

관계가 없었던 PD와 아나운서, 방송관계자들도 줄줄이 조사를
받고 고초를 치러야 했습니다.

하지만 불행 중 다행인지 다음날인 성탄대축일 아침에 발생
한 대연각 호텔 화재로 인해, 강론 사태의 여파가 다소 묻혀들
었습니다. 이후 KBS에서는 성탄미사를 중단했고, 성탄전야 미
사 중계는 오기선 신부님이 모아들인 기부금을 통해 민간방송
인 TBC에서 이어갔습니다.

20여 년 후 미사 중계 중단사태로 인해 한국 사회에 회의를
느끼고 이민을 떠났던 박동순 아나운서가 방한했기에, 그와 함
께 김 추기경님을 예방한 적이 있습니다. 추기경님은 주교관을
찾은 그분의 두 손을 꼭 잡으시더니 그저 "미안합니다."라고 한
마디를 건네셨는데, 그 한마디가 그렇게 따스할 수 없었습니다.

서울대교구장 재임 기간뿐 아니라 은퇴 이후에도, 사회 각계
인사와 수많은 기자들이 김 추기경님의 집무실을 오갔습니다.
그들이 말하는 김 추기경님의 모습도 제가 본 것과 크게 다르
지 않았습니다. 무엇보다 김 추기경님은 단 한 번도 언론이나
언론인들을 소위 '이용하신' 적이 없었습니다. 늘 있는 그대로,
조금은 미욱하게 비쳐질 수도 있는 모습으로, 마음씨 좋은 이
웃 아저씨처럼 진솔하게 언론인들을 대하셨습니다.

그 당시 정부 관계자들이 가장 싫어하면서도 어려워했던 사람 중 한 명이 김 추기경님이셨습니다. 교회와 정부가 사이가 나쁜 현실에서 가톨릭 언론인들의 활동도 안팎으로 압박을 받지 않을 수 없었습니다. 저 역시 가톨릭저널리스트클럽 활동 등을 그만두라는 압박과, 휴가 중 국제가톨릭방송인협회(UNDA)에 참석했다는 이유로 연말 보너스를 대폭 삭감당하는 부당한 처분을 받기도 했습니다. 하지만 그런 와중에도 김 추기경님은 교회 안팎에서 언론인들의 소명을 지지하시며, 올곧은 뜻을 밝혀오셨습니다.

1990년에 또 한 번, 추기경님이 YBC(여의도 중견방송인 모임) 주최 세미나에서 언론인들을 놀라게 하신 적이 있습니다. 저는 이때 YBC에서 상임부회장과 사무총장을 맡고 있었습니다. 모임에서는 추기경님을 토론회 첫 출연자로 초청하였고, 세미나에 앞서 기초발표 자료와 토론자료 등을 만들어 보내드렸습니다. 그런데 뜻밖에도 김 추기경님이 직접 '방송의 도덕성'이란 주제로 발표원고를 써오셔서, 그 내용을 발표하시는 게 아닙니까. 이는 그 자리에 참석했던 사람들이 추기경님을 더욱 신뢰하게 만든 계기가 되었습니다.

김 추기경님과의 만남을 돌이켜보면, 1973년 1월 서강대 산업문제연구소에서 열렸던 '주교 매스컴 워크숍'에 참여하시던 모습도 생생하게 기억납니다. 반예문 신부님이 총무로 계셨던 '주교회의 매스컴 위원회'가 주최한 워크숍을, '가톨릭저널리스트클럽'의 회장 자격으로 제가 주관하여 두 강좌 특강을 지원했습니다. 〈라디오 프로그램 출연 시 요령〉 강의와 실습지도, 그리고 〈한국천주교회의 홍보 전망〉이 그것입니다.

저는 기획추진위원이자 강사로서 6일간 숙식을 함께하며 동참했는데, 추기경님 역시 일정 내내 그 누구보다 성실히 참여하는 모습을 보여주셨습니다. 당시 김 추기경님은 서울대교구장으로서 본인의 뜻과 관계없이, 교회 대표자로 언론에 나서야 할 일이 많으셨습니다. 때문에 워크숍 이후 추기경님께서 언론에 대응하는 달라진 모습을 볼 때면, 워크숍이 추기경님께 조금이라도 도움이 된 것 같아 기뻤습니다. 그렇지만 무엇보다 추기경님의 언론에 대한 따뜻한 마음과 각별한 이해가 뒷받침되었기 때문이라 생각합니다.

그런데 그 워크숍 이후 저는 추기경님께 좀 더 용감한 질문을 하게 되었습니다. 한번은 추기경님이 박정희 대통령과 악수하는 사진이 신문에 실린 적이 있습니다. 얼핏 보기에는 추기경님이 마치 박 대통령에게 굽실거리는 모양새로 보였습니다. 가톨릭 신자로서도 방송인으로서도 저는 그 모습이 내심 불만이었습니다.

그래서 김 추기경님께 대뜸 "왜 그렇게 허리를 구부리셨습니까?"라는 질문을 하고 말았습니다. 그러자 추기경님은 싫은 내색 하나 없이 "그렇게 보일 수도 있겠다." 하시며 친절하게 설명해 주셨습니다. 대통령과 만나는 의전 장소에는 선이 그어져 있었다고 합니다. 악수할 때도 그 선 앞으로 나가선 안 되었기 때문에, 대통령이 이동하면서 거리가 좀 멀어지기라도 하면 맞은편 사람은 자연스럽게 허리가 구부러지고, 카메라가 사람들 머리 위에 자리해 더욱 구부린 것처럼 보인다는 것이었습니다.

저는 추기경님의 소박한 복장에 대해서도 의견을 말씀드렸습니다. 한국 교회의 긍정적인 모습을 대사회적으로 알리려면, 소박한 복장으로 일관하는 것보다는 예복을 갖춰 입으시는 것이 좋지 않겠느냐는 의견이었습니다. 더욱이 외국에서는 추기경님을 'Prince'로 예우함과 동시에 머무는 호텔에서는 국기게양까지 한다는데, 그런 대내외적인 위상을 위해서라도 출입국 시 복장에 좀 더 신경을 써주시기를 부탁한 것이나 다름없었습니다. 지금 돌이켜보면 젊은 언론인으로서 너무 혈기가 넘쳤던 것 같아 송구스럽습니다.

이후에도 김 추기경님과는 우리 교회 홍보 폐쇄상태에서, 그것이 인연이 되어 자주 뵙게 되었습니다. 추기경님이 서울대교구장으로 계실 무렵, 서울대교구에 평신도도 함께하는 '사목협의회'가 생겼습니다. 일종의 김수환 추기경님을 보좌하는 모임이었는데 현석호, 김기철 장관님처럼 쟁쟁한 분들 틈에 30대 후반의 저도 한자리 끼게 되는 영광을 얻었습니다. 당시 저의 직책은 CJC(현 가톨릭 언론인 협의회) 회장이었고, 이 모임의 말석에 참여하다 보니 나중에는 평협(평신도 사도직 협의회)의 부회장을 맡게 되었습니다. 모임 때마다 모든 이의 말을 끝까지 경청해 주시던 모습과 회의 주재도 훌륭히 해내셨던 추기경님이 떠오릅니다.

1981년의 '조선교구 설정 150주년' 행사도 빼놓을 수 없습니다. 이 행사의 홍보국장과 여의도 군중집회의 총연출을 맡았던 저로서는 무척이나 뜻 깊은 일이었지만, 그만큼 책임감 또한 컸습니다. 어떻게든 성공적으로 치러내야 한다는 부담감으로 밤잠을 설치기 일쑤였고, 그래서 저는 애로사항이 생길 때마다 추기경님을 찾아뵙고 의논을 드리곤 했습니다.

이후에도 운 좋게 저는 추기경님을 곁에서 계속 모실 수 있었습니다. 1998년 김수환 추기경님의 이임 미사와 미사 후의 축하연에도 참여할 수 있었고, 여의도클럽이 주최한 '김수환 추기경님과 함께하는 오찬' 행사의 기획과 사회를 맡기도 했습니다. 2001년의 추기경님 팔순 축하연에 참석한 것도 저로서는 즐거운 추억이었습니다.

추기경님은 누구의 의견이든 존중해 주셨고, 한 번 믿으면 철저하게 도와주셨던 분입니다. 그렇지만 추기경님 곁에 늘 좋은 사람들만 있었던 건 아닙니다. 그러나 그런 인간적인 고뇌까지도 내색하지 않고 가슴으로 품으셨던 분이기에, 추기경님을 더욱 존경할 수밖에 없었습니다.

저는 또한 사제 서품식장에서 늘 신부님의 부모님들을 격려해 주시던, 추기경님의 모습에 큰 감동을 받곤 했습니다. 제 큰아들의 신부 서품식 때도 마찬가지였습니다. 이후 추기경님 덕분에 학부모님들이 아들들을 신학교에 많이 보내게 되었다고 하니, 추기경님의 행동 하나하나가 그대로 살아 있는 말씀이었습니다.

김 추기경님의 진솔하고 소박한 일상의 모습 역시 감동 그 자체였습니다. 주교관 옛 테니스 코트에서 조금은 엉성한 폼으로 테니스를 즐겨 치셨고, 자동차도 고급 승용차가 아닌 스텔라를 고집하셨으며, 중요한 사람들을 만날 때도 주로 명동성당 근처의 YWCA를 이용하던 분이십니다. 이렇게 훌륭하신 분을 곁에서 지켜볼 수 있다는 것만으로도, 저는 분명 축복받은 사람입니다. 또한 추기경님과 저는 성과 본이 같은 광산(光山) 김씨여서, 그 점도 무척 자랑스러웠습니다. 실제로 외국에 나가면 Cardinal Kim과 같은 일가냐고 묻는 이들이 있습니다. 추기경님이 선종에 들기 전 비유럽권에서 교황이 나온다면, 저는 분명 김수환 추기경님일 것이라고 확신했습니다.

2009년 2월 16일 김수환 추기경님의 선종 이후, 지상파 방송 3사를 비롯한 수많은 매스미디어가 장례미사와 김 추기경님에 대한 이야기로 도배되었습니다. 저는 장례미사 첫날에 아내와 함께 오전 1시간 동안 조문하였습니다. 그 후 장례 기간 내내 각종 방송과 신문 등을 모니터하면서 '김 추기경님은 우리 사회에 하느님의 기쁜 소식을 알려준 진정한 커뮤니케이터(Communicator)였구나!' 라는 생각을 했습니다. 김 추기경님이야말로 예수님이 복음을 전파하신 모범을 충실히 따른 분이셨기 때문입니다.

항상 솔선수범 하시며 가난하고 소외된 이웃부터 돌보시고, 사랑 실천에 앞장섰던 김수환 추기경님! 오늘도 저는 추기경님의 영원한 메시지인 "그래도 사랑하라!"를 마음 깊이 새깁니다.

〈가톨릭신문〉

평화와 기쁨을 주는 윤루가 주교님

저희 부부는 '주여, 자비를 베푸시어'라는 성가를 좋아합니다. 이 곡의 작사·작곡가는 윤선규라고 적혀 있지만, 우리에게는 오히려 윤루가 주교님으로 알려진 분입니다.

며칠 전에도 주일미사에서 이 성가를 불렀습니다. 성가를 부르면서 저희 부부는 부쩍 윤 주교님 생각이 많이 났습니다.

윤루가 주교님은 벨기에 분으로 한국 살레시오 수도회의 관구장이셨고, 지금은 로마 총본부 수도회의 부총장 직을 거쳐 헨트 교구의 교구장 주교가 되신 분입니다.

키가 아주 크고, 아코디언 등 악기 연주를 기가 막히게 잘하시고, 우리말로 코미디를 할 수 있을 정도로 한국어 역시 유창하신 분입니다.

남편과 제가 이분의 노래를 즐겨 부르고 듣기를 원하는 데는 이유가 있습니다. 윤루가 주교님이야말로 저희 부부가 세상에서 가장 좋아하는 분이기 때문입니다. 특히 남편하고는 개인적으로도 무척 가까운 사이였는데, 몇 달 차이로 남편의 나이가 위여서 윤 주교님이 항상 남편 보고 '형님'이라고 부르곤 했습니다.

　윤 주교님과의 인연을 조금 더 밝힌다면, 한 30년 정도 거슬러 올라갑니다. 저희 부부는 윤루가 주교님이 살레시오 수도회 수사님으로 한국에 왔을 때 처음 알게 되었습니다.

2003년,
벨기에 헨트 교구 윤루가 주교님

　윤 주교님은 '명도원'이라는 곳에서 한국어를 배우셨는데, 한국에 온 지 얼마 되지 않아 제1회 외국인 한국어 웅변대회에 출전하여 대통령상을 받으셨다고 합니다. 주변에서 말하기를, 어학에 천재적인 사람이라고 하더군요. 주교님은 무려 7개 국어를 구사하십니다.

　벨기에의 대학에서 음악을 전공했던 주교님은, 당시 한양대학교 총장이던 김연준 박사의 눈에 띄어 장학금을 받고 음악 공부를 계속할 수 있었습니다. 그렇게 한양대에서 석사학위 과정을 마치고 벨기에로 돌아가 정식으로 신부가 되신 후, 다시 우리나라를 찾아오셨던 것입니다. 이후 계속 우리나라에서 지내시다가 로마에 있는 살레시오회 총본부에 발탁되어 중책을 맡게 되었고, 현재는 벨기에에서 두 번째로 큰 교구의 교구장으로 계십니다.

한국에 계실 때 윤 주교님은 루가 축일을 비롯하여 여러 차례 저희 집을 방문하셨습니다. 그때마다 남편에게 스스럼없이 "형님, 저 왔습니다."라고 인사를 합니다. 한국 사람도 아닌 외국 사람이 '형님'이라고 그러니, 옆에서 듣고 있던 저도 무척 재미있었습니다.

이분은 광주 등지에서 오래 사셨기 때문에 전라도 사투리가 아주 짙었습니다. 그래서 전라도 사투리를 써가면서 코미디를 하면, 누구라도 웃지 않고는 못 배길 정도였습니다.

그렇지만 저희 부부가 지금까지도 윤 주교님을 잊지 못하는 이유는, 우리 집에서는 이분이 아이들의 주보성인처럼 모셔지기 때문입니다.

각 수도회의 총 원장들의 집합체를 '장상연합회'라고 합니다. 윤루가 주교님은 교황님이 오셨을 때 그 장상연합회의 회장이셨고, 또 교황님과 전두환 대통령이 회합할 때 통역을 하시는 등 여러모로 비범성을 보였습니다.

그러나 이분이 사제가 되었을 때의 이야기를 들어보면, 정말 그럴 수 있을까 싶을 정도로 너무나 평범했습니다. 물론 하느님의 거룩하신 성소에 의해서 수도자가 되고 사제가 되었겠지만, 어쨌든 그분의 표현에 의하면 자신이 공부를 못해서 2차 정도의 학교에 가느라고 다른 지방으로 가게 되었답니다. 그런데 그곳에 수도회와 관련된 곳이 있었고, 우연히 물이 들어서 그 수도회에 입회하게 되었다는 것입니다.

주교님의 표현대로 평범한 가운데 사제가 된 것인지는 몰라도, 한 가지 묵과할 수 없는 것은 어느 곳을 가든지 간에 윤루가 주교님이 계신 곳에는 평화가 깃든다는 점입니다.

더욱 놀라운 것은 주교님은 어디에서든 어떤 사람들과도 친해진다는 사실입니다. 평범한 가운데서도 윤루가 주교님만의 빛이 나기 때문입니다. 그래서인지 주교님 주변에 있는 사람들은 누구라도 굉장히 즐거워합니다. 윤루가 주교님이 주는 즐거움은, 개그 프로그램을 보며 느끼는 즐거움보다 한 차원 높은 것입니다. 같이 있으면, 누구나 참 평화를 느낄 정도로 그분은 평화를 안고 다니는 분이기 때문입니다.

개인적으로도 저희 가족 특히 신부님이 된 큰아들과 남다른 인연으로 맺어져 있기에, 저희와는 한 가족과 진배없는 분입니다. 지금은 비록 멀리 떨어져 계시지만, 저희 부부가 유럽 배낭 여행을 갈 때마다 일부러 찾아뵐 만큼 마음만은 늘 가까이 계신 분입니다.

윤루가 주교님이 한국을 떠나신 후에는, 한 달간 남편과 함께 이태리 일주를 할 때 당시 수도회의 부총장으로 계시던 윤 주교님과 재회할 수 있었습니다. 그때 주교님을 모시고 한국식당으로 가 문배주를 따라드리며 환갑잔치를 해드렸던 일은, 지금도 두고두고 행복하고 유쾌한 추억으로 남아 있습니다.

오늘따라 유난히, 모든 사람들에게 평화와 기쁨을 주시던 윤루가 주교님이 무척 보고 싶습니다!

석양배(夕陽盃) 나누던 시인 구상 선생님

"허허." 구상 선생님을 추억하면 가장 먼저 그 분 특유의 허허 웃음소리가 귓전을 울립니다. 필시 지금도 이 글을 쓰는 저를 하늘 나라에서 내려다보며 허허 웃고 계실 것입니다.

여의도 시범아파트로 이사하던 당시, 선생님은 저보다 앞서 바로 옆동에 관수재(觀水齋)의 터를 잡고 계셨습니다. 저는 KBS 프로듀서이자 가톨릭 신자이며 또한 이웃이 되었다는 든든한

백(?)을 밑천으로, 평소 존경해 마지않던 선생님을 찾아뵙고 전 입신고를 했습니다.

석양배(夕陽盃)는 선생님의 이웃이 된 후 제가 창작해 낸 표현 입니다. 선생님을 뵙고 싶고 말씀이 듣고 싶을 때면, "선생님, 석양배 한 잔 하시죠?" 하고 전화를 넣곤 했습니다. 선생님의 대답은 늘 한결같았습니다. "허허, 좋지."

선생님이나 저나 남에게 뒤지면 서운한 애주가였기 때문에, 석양배 조우는 빈번히 이루어지곤 했습니다. 주로 엎어지면 코 닿을 거리에 있던, 63빌딩 내 비교적 저렴한 가격의 음식점을 찾았습니다. 대개의 경우 그 자리에는 제 아내도 동석했습니다. 우리 부부가 언제나 함께 다니는 것을 아시는 선생님께서, "부인도 오시라고 하지?" 하며 먼저 청해주시는 자상함 덕분이 었습니다.

존경과 흠모의 마음을 품고 있는 분과 석양이 뉘엿거릴 때 주고받는 한 잔의 술, 게다가 옆에는 사랑하는 아내까지! 기쁨 으로 환히 빛나는 시간이었습니다.

선생님의 말씀은 술맛보다 더 좋았습니다. 세상에 속한 그 무엇에도 구애받지 않는 밝은 식견으로 들려주시는 삶과 예술 그리고 신앙에 관한 이야기는, 하나하나가 저에게 새로운 깨달 음의 지평을 펼쳐 보여주는 것이었습니다.

같은 동네에 살다보니 선생님과 저는 당연히 같은 성당(여의
도성당)의 교우 관계이기도 했습니다. 그런 연유로 한국 가톨릭
이 선생님을 교계(教界) 원로로 존중하고 있음을 새삼스레 실감
하는 순간도 자주 접했습니다. 이를테면 성당에 새로 부임하시
는 신부님들은 꼭 선생님을 방문해서 인사를 드리곤 했습니다.

선생님과 신부님 사이의 가교 역할을 제가 자청하기도 했습
니다. 저의 큰아들도 신부님인데다가 성당에서 제가 자그마한
봉사직도 맡고 있었기 때문에, 신부님들을 모시고 선생님 댁을
방문하거나 간혹 선생님의 존재를 모르고 오신 신부님들께 귀
띔을 해드려도, 그다지 부자연스럽지 않다고 생각한 것입니다.

그렇게 댁을 방문한 신부님들을 대하는 태도에서도, 선생님
의 독실한 신자로서의 면면을 확인할 수 있었습니다. 품격 있
는 식당으로 정중히 안내하여 신부님께 식사 대접을 하는 것은
기본이고, 소장하고 있는 그림이나 글씨 중 가장 귀한 작품을
택해 선생님의 저서와 함께 선물하는 것을 한 번도 거르신 적
이 없었습니다.

선생님은 천성이 그러했습니다. 문단에서도 그 흔한 감투 하
나 허락한 적이 없을 만큼 세속 일에는 칼로 벤 듯 초연했습니
다. 반면 어려운 일을 당한 동료의 일에는 누구보다 먼저 발 벗
고 나섰고, 되로 받은 신세나 선물은 반드시 말로 갚아야만 편

한 잠을 이루는 분이었습니다.

우리 부부는 선생님의 영세명(領洗名)인 세례자 요한의 축일이나 명절이면 조촐한 선물을 드리곤 했는데, 선생님이 그때마다 너무 철저하게 보답하셔서 당황스러울 때가 적지 않았습니다. 우리가 받은 선물 중 영광 법성포 굴비는 기억에 생생합니다. 진짜 법성포 굴비였으니 그 값도 만만치 않았겠지만, 우리 부부를 더욱 놀라게 했던 것은 포장지에 적혀 있는 '정주영'이란 이름이었습니다. 현대 정 회장에게 받은 선물을 포장도 뜯지 않은 채 우리 부부에게 넘겨준 것입니다.

구상 선생님께 받은 선물 두 점은 지금 이 순간까지 소중하게 간직하고 있습니다. 그 하나는 중광 스님의 그림에 선생님이 '偶吟(우음)'이란 글씨를 친필로 쓰신 작품이고, 다른 하나는 선생님의 신앙시 '말씀의 실상(實相)'입니다. 저는 두 작품을 보면서 선생님과 나누었던 이야기들을 떠올리며, 선생님을 위한 기도를 올리곤 합니다. 앞으로도 죽 그럴 것입니다.

말년에 선생님의 건강이 악화되고 병원 출입이 잦아지면서 자연히 석양배의 명맥도 끊어질 수밖에 없었습니다.

돌아가시기 한 달 전쯤이었습니다. 선생님은 오랫동안 여의도 성모병원 중환자실에 계셨고, 시간이 얼마 남지 않았다는 사실이 피부에 와 닿았던 무렵입니다. 저는 더 이상 망설일 여지가 없다는 판단 하에, '일체 면회 사절'이란 병원의 차단막을 뚫고 선생님을 찾아뵈었습니다. 제 마음에 있는 말을 전하지 못하면 평생 후회할 것 같아서였습니다.

제가 손을 꼭 잡자 선생님이 눈을 뜨셨습니다. 비록 말씀은 못하셨지만 제가 하는 말은 다 알아들으셨고, 그에 대해 눈빛으로 답해 주셨습니다. 저는 오랫동안 가슴에 담아두었던 말을 꺼냈습니다.

"선생님, 저는 사람이 못돼서인지 누구를 존경하며 살아본 적이 없습니다. 그런데 단 한 사람 존경하는 분이 바로 선생님입니다. 지금까지도 선생님을 위해 기도해 왔지만, 선생님이 이 세상을 떠나신 뒤에도 계속 기도하겠습니다. 최소한 1주기까지는 선생님의 천상영복(天上永福)을 위해 매일 기도할 것을 약속드립니다."

제 말을 듣고 있던 선생님께서 손에 힘을 주시는 것이 느껴졌습니다. 당시 제가 선생님께 드렸던 말이, 혼자 가시는 외로운 길에 조그마한 위안이 되지 않았을까 생각합니다. 선생님의 눈빛에서 느낄 수 있었습니다.

건강하실 때면 선생님은 여의도 강변로를 따라 산책을 하셨고, 그 모습을 보는 동네 아줌마들은 "저분은 꼭 신선 같다!"고

입을 모으곤 했습니다.

　제 생각에 구상 선생님은 하늘나라에서도 변함없이 호호야
(好好爺)와 옥골선풍(玉骨仙風)의 모습으로 산책을 즐기시며, 허
허 웃고 계실 것만 같습니다.

〈홀로와 더불어〉

Chapter 4

우리들의
신앙생활

믿음이 있기에,
그대가 있기에

내가 만난 천주교

내가 천주교 신자가 된 것은 아주 자연스러우면서도, 다른 사람들이 신앙을 가진 것과는 좀 다른 경우에 속하는 것 같다. 어떤 신앙을 갖든 누구나 결정적인 동기나 계기가 있게 마련인데, 내 경우는 좀 특별하다.

대부분 대학교에 들어가면 철학과 종교에 관심을 갖게 된다. 아마도 주위의 권유와 인생에 대한 고민, 종교에 대한 원초적인 관심이 생기는 시점이기 때문일 것이다. 나 역시 대학교 1학년 때 자연스럽게 여러 종교에 관심을 갖게 되었고, 처음에는 개신교 교회에 가보거나 조계사에서 참선을 하기도 했으며,

오다가다 명동성당에 들러 마음의 평안을 찾기도 했다.

당시 명동성당은 6·25 전란의 여파로 수리 중이었는데, 성당 안에 가만히 앉아 깨진 스테인드글라스 틈새로 들어오는 햇살을 바라보노라면 그렇게 감동적일 수가 없었다. 평온 그 자체였다.

어쨌든 나는 그때 한 가지 종교를 확고하게 믿겠다는 생각보다는, 여러 종교에 마음을 열어두고 있었다.

그래도 내 성정에는 천주교가 제일 맞겠다는 생각이 들어, 한동안 윤형중(작고) 신부님의 '지성인 교리강좌'를 들었다. 그 강좌는 성인들을 대상으로 실시된 것인데, 그때 나와 함께 교리강좌를 들었던 분 중에는 아동문학가 마해송 선생님과 그분의 아들도 있었다. 교리강좌를 열심히 듣고 나중에는 수료증까지 받았지만, 나는 그때 세례를 받지 않았다. 단지 수료식 때 청주 한 잔씩을 나누어 마시고 종탑까지 올라가봤던 기억이 난다.

세례를 받지 않은 것에 다른 이유가 있던 것은 아니었다. 당시로서는 천주교 신자로서의 규칙들을 지켜낼 자신이 없었기 때문이다. 피 끓는 젊은이가 엄격한 규칙들을 다 지키고 따르기에는 벅차다는 생각이 들었던 것이다.

그 후 군대에 다녀와 직장생활을 하게 되었고, KBS를 거쳐

TBC에 재직하고 있을 때였다. 프로듀서의 생활이란 특종을 위해 밤낮없이 뛰어다녀야 하는 생활의 연속이었다. 그때 내가 맡았던 프로그램은 이색적인 인물, 이색적인 지대, 이색적인 직업을 찾아다니는 '이런 세계도 있다'라는 다큐멘터리 프로였다. 일주일에 한 번씩 일요일에 방송되는 프로그램으로, 취재를 하여 원고를 직접 쓰고 편집과 제작까지 하는 등, 1인 4역을 하며 30분짜리 프로그램을 만들어 냈다.

그러던 중 천주교에 대해 심층 취재를 해야 할 일이 있었는데, 그것이 인연이 되어 만난 분이 내 평생에 가장 많은 영향을 끼친 오기선 신부님이었다. 그때만 해도 천주교는 일체 세상에 모습을 드러내지 않고 있었기 때문에, 취재하기가 쉽지 않은 형편이었다. 그런데도 오기선 신부님은 언론매체에 노출되기를 꺼리던 천주교의 대외 홍보를 위해 적극적으로 협조해 주셨다. 종교라고 해서 홍보활동을 소극적으로 펴는 시대는 지났다는 확고한 믿음을 갖고 계신 듯했다. 이를테면 시대를 앞서가는 신부님이었던 것이다.

오기선 신부님은 예순이 넘은 연세와는 달리 늘 의욕적으로 지프차를 운전해 가며, 단 한 번도 공개되거나 소개된 적 없는 프란치스코 수도원, 살레시오 수도원 등을 방문해 충실히 취재

할 수 있도록 도와주셨다. 그리고 취재가 끝난 후에는 오기선 신부님이 주임신부로 계신 대방동성당에서, 일종의 뒤풀이를 하는 게 순서였다.

6·25 전쟁 직후라, 한강을 건너려면 '도강증'이 필요했다. 신부님은 "도강증이 있어야 건너가지." 하시며 내 손을 잡아끌곤 하셨는데, 그 얘기는 고생했으니 맥주 한잔하고 가라는 뜻이었다. 맥주도 스토브에 뜨겁게 데워 드시는 참 재미있는 신부님이었다. 신부님은 또 한 손에 담배 케이스를 들고 담배를 권하시곤 했다. 한 개비 꺼내 물면 다른 한 손에 들고 있던 라이터로 얼른 불을 붙여주셨다. 그럴 때마다 나는 황송해서 어찌할 바를 몰랐다. 그분의 격의 없는 모습과 친절함을 감당할 길이 없어, 담배를 권하실 때마다 나는 신부님보다 먼저 라이터를 꺼내려고 온 신경을 곤두세워야 했다. 두 사람이 서로 먼저 라이터를 꺼내려는 모습이, 마치 속사 권총시합을 하는 사람들 같았다.

몇 년 동안 함께 취재를 다니면서 오 신부님과는 부쩍 친해지게 되었는데, 그런데도 불구하고 신부님은 내게 세례 얘기를 꺼내지 않으셨다. 내가 세례를 받고 진정한 천주교 신자의 길로 들어선 것은 전혀 다른 방향에서였다.

한 번은 국립극단 단장을 맡고 있던 변기종 선생님을 취재해야 할 일이 있었다. 여러 날 동안 그분의 행동반경을 쫓아다녔는데, 그날은 국립극장 무대를 찾아가서 인터뷰를 시작했다. 그런데 잠시 후 선생님의 모습이 보이지 않았다. 나는 화장실이며 복도를 찾아다니다가, 무대 뒤편에서 무릎을 꿇고 진지한 자세로 기도하고 있는 변기종 선생님을 발견하였다.

나는 그 모습을 보고 매우 신선한 충격을 받았다. 변 선생님이 맡은 역할은 대사 몇 마디가 고작이었는데도, 그 역에 충실하기 위해 기도하는 모습에서 경건함 이상의 느낌을 받았다. 선생님의 기도하는 모습에는 보는 이를 감동시키는 힘이 있었다.

취재를 끝내고 방송국에 돌아와 편집을 하다가, 나도 모르는 사이 사제관의 오기선 신부님에게 전화를 걸었다. 그때 시간이 새벽 두 시쯤이었으니까, 내가 제정신이었다면 규칙적인 생활을 하는 신부님께 대단한 결례를 하면서까지 전화를 했을 리가 없다.

새벽녘 전화벨 소리에 잠에서 깨셨을 텐데도 신부님은 전혀 언짢은 내색 없이 물으셨다.

"김 선생, 왜?"

"저, 신부님……. 세렌가 하는 거 언제 하는지 궁금해서요."

"누가 받으려고?"

"제 친구가요."

나는 그만 당황하여 둘러대고 말았다.

"바로 오늘인데."

그날이 바로 부활 대축일 전날인 토요일이었다. 신부님이 다시 한 번 확인하겠다는 듯이 물으셨다.

"누가 세례를 받고 싶다고?"

그제야 내가 솔직하게 말씀드렸다.

"제가요."

"내 그럴 줄 알았지. 오후 두 시부터니까 한 시 삼십 분까지 오세요."

전화통화는 그렇게 끝났지만, 그 시간 이후로 나는 일도 못하고 잠도 못 잤다. 이미 약속이 된 상태였지만, 새삼스럽게 세례를 받아야 하는가에 대한 고뇌 또한 만만치 않았다. 하지만 신부님과의 약속을 어떻게 저버릴 수 있단 말인가.

내가 성당에 나타나자 신부님은 지나가던 사목위원 김갑진 회장님에게 대부가 돼 달라고 부탁하셨고, 나를 돌아보시며 "본명은 뭐로 할까? 요셉으로 하지요."라고 하셨다.

나중에 신부님의 본명이 요셉이었고, 그분이 세례를 준 사람들 중에서도 특별히 아끼는 사람들의 본명이 요셉이라는 것을 알게 되었다. 요셉 성인은 성가정(聖家庭)의 수호자 성인이었다.

나는 다시 한 번 신부님의 배려에 크게 감동했다. 대부분의 신부님들은 꽤 엄격할 뿐만 아니라 보수적이고 원칙에 충실한 편이다. 그런 면에서 오기선 신부님이 속전속결로 내게 세례를 해주신 것은 무척이나 파격적인 일이었다.

참된 천주교 신자로 이끌어 주신 오기선 신부님은 내 인생의 커다란 빛이었다. 시간이 흐를수록 나는 신부님의 여러 배려 속에 '성가정을 꾸미라'는 깊은 의미가 담겨 있음을 깨달았다.

그때까지만 해도 우리 집에는 가톨릭 신자가 한 명도 없었다. 그런데 아내가 결혼하면서 개신교에서 개종한 것을 시작으로, 현재 직계 가족 22명이 모두 가톨릭 신자가 되어 있다. 그 중에서 신부님도 한 명 나왔으니, 이보다 더한 축복도 없다고 생각한다.

재속 프란치스코회의 일원으로

결혼을 하면서 천주교로 개종한 나는, 이후부터 늘 남편과 함께 참된 신앙인이 되고자 노력했다. 그 일환으로 우리 부부는 교회에서 행해지는 교육이란 교육은 모두 받으려고 노력해 왔고, 덕분에 교회 안팎으로의 자격도 다양하게 갖추었으며, 죽어서도 봉사하는 마음을 잃지 않기 위해 장기기증까지 약속해 둔 터였다.

남편이 잠시 언급한 것처럼 우리 부부는 현재 '한국 재속 프란치스코회'에 소속되어 있다. 재속 프란치스코회를 창설한 프란치스코 성인은 1182년생으로, 800여 년이 지난 지금까지도 현세에서 가장 유명한 성인으로 통한다.

그분은 항상 '주님 앞의 작은 자'라는 믿음을 강조하셨다. 그 때문에 프란치스코 성인을 따르는 수도회 이름이 '작은형제회'이다.

우리나라에는 1937년에 진출했는데, 지난 2012년 '한국 재속 프란치스코회 75주년 기념행사'를 성공적으로 마친 바 있다. 우리 부부 역시 한국 첫 재속 프란치스칸 사제였던 오기선 신부님의 영향을 받아, 이 재속회의 일원이 되었다.

교회의 가장 큰 정신은 하느님을 따르면서 이웃을 돕는 것이다. 그 이웃을 돕는 데 필요한 조건은 작은 사람이 되는 것이다. 다른 이들을 위해 살려면 자신이 낮아지지 않으면 안 된다. 때문에 마음도 가난으로 무장을 해야 하는데, 이때 가장 필요한 것이 겸손이다. 우리 부부는 이러한 것들을 실생활에서 따르려고 프란치스코회에 들어온 것이다.

수도회처럼, 재속회의 구성원이 되려면 수사와 수녀가 받는 것과 거의 똑같은 교육을 받고 배워야 한다. 물론 우리는 속세에 살면서 결혼하여 가정도 갖고 있지만, 우리들의 회칙을 서약하여 수도원 안이 아닌 세상 속에서 따르는 것이다.

이 교육과정은 지원반→입회반→유기서약반(기한적으로 서약)으로 단계별로 이루어진다. 이 단계를 순차적으로 마치면 1년 후에 종신서원을 하게 된다. 총 4년이 걸린다. 종신서원을 하기 전까지는 임의대로 그만둘 수 있으나, 일단 종신서약을 하게 되면 그럴 수 없다. 일생을 마칠 때까지 하느님에게 자신을 바치기로 서원한 것이니 당연한 일이다.

그런데 이 4년간의 과정이 말처럼 쉽지 않다. 교육의 형식은 일반적인 학교와 다를 바 없다. 선생님이 텍스트북 안에서 반

회원들에게 설명을 하고 시험도 치른다. 1년에 두 번 정도 성당이 아닌 다른 곳에서 특별한 교육을 받기도 한다.

문제는 4년 전체 중 각 단계마다 1년에 두 번 빠지면 바로 탈락이라는 점이다. 일단 탈락이 되면 처음부터 다시 시작해야 한다. 이것이 상당히 어려운 일이다. 살다 보면 어쩔 수 없이 불가피한 일이 생기게 마련인데, 어떠한 예외도 허용하지 않기 때문이다.

일례로 지원반에서 입회반으로 올라가는 시점에서, 외삼촌이 돌아가시는 바람에 빠지게 된 분이 있었다. 지금은 물론 훌륭한 봉사자가 되어 있지만, 이 분 역시 바로 탈락됐다. 이렇듯 어떤 상황에서도 예외가 없다 보니 생각보다 녹록한 일이 아니었다. 우리 부부 역시 마찬가지였다. 1990년에 처음으로 교육을 받게 되었는데 그때 두 번 빠져 탈락하고, 2000년에 다시 시작하였다.

사실 이때에도 남편이 병원에 입원하게 되어 탈락 위기에 처했었다. 게다가 이 교육과정에는 나이제한(55세까지)이 있었다. 두 번째 교육을 받았을 때 이미 55세가 넘어, 하마터면 재도전조차 못할 뻔한 것이다. 다행히도 성직자와 수도자의 부모에게 특전을 주는 제도가 생겨, 큰아들 신부님 덕분에 무사히 교육을 마칠 수 있었다.

이렇듯 엄격한 4년간의 교육과정을 거치고 종신서원을 하게 되면, 보이지 않는 어떤 힘이 나를 작은 사람이 되도록 이끌어 줌을 느끼게 된다. 재속 프란치스코회의 일원으로서 다른 사람을 있는 그대로 받아들여 주고, 더 이해하려고 노력하고, 실제로도 도움을 주려고 애쓰는 쪽으로, 자연스럽게 우리 생활이 가게 되는 것이다.

다른 사람을 위하려면 사랑으로 받아들이지 않으면 안 된다. 그래서 남편과 나는 지금까지 '사랑=하느님'이라는 믿음으로 살아가고 있다. 이렇게 사는 것이 어려울 것 같지만 꼭 그렇지만도 않다.

하느님이 내 안에 계시다는 걸 믿으면 자연히 나도 그 안에서 생활하게 되고, 그분이 나와 함께 계시다는 걸 믿게 되는 것이다. 그 믿음에서부터 출발해야 한다.

사람들은 어려운 일이 있을 때마다 누군가에게 의지해서 자신의 바람을 얘기한다. 그 바람이 곧 기도이다. 그 기도의 표현이 하느님이 계시다는 걸 자신 안에서 믿는 것이다. 좀 더 많은 사람들이 믿음이라는 것 자체를 너무 어렵게만 생각하지 말고, 자연스럽고 쉽게 받아들이면 좋겠다.

하느님은 먼 미래의 분도 아니고 과거의 분도 아니다. 성경에 보면 하느님이 현존해 계신다는 걸 나타내기 위해, 어제도 계시고 오늘도 계신다는 표현을 한다. 또한 하느님은 아브라함 선조의 아버지이며, 모세와 야곱의 아버지라고 되어 있다. 그 것이 뜻하는 것은 현재도 여기에 계신다는 것이다.

무엇보다 하느님이 결코 먼 곳에 있지 않음을, 자신 스스로 가 깨달아야 한다. 하느님은 바로 지금, 여기에 계시는 것임을!

일과 신앙

나는 젊었을 때 PD라는 직업을 갖고 참으로 바쁘게 살았다. 집에 들어가지 못하는 날이 부지기수일 정도로 일에 매달렸고, 취재를 다니면서는 융숭한 대접도 많이 받았다. 그렇게 나 잘난 맛에 살던 시절이었으니 교만한 마음도 없지 않았을 테고, 생활은 늘 불규칙할 수밖에 없었다. 당연히 주일미사 참례에도 자주 빠졌고, 기도문 하나 제대로 외지 못할 정도로 엉터리였다. 돌아보면 참으로 부끄럽게 살았던 시절이다.

그러했던 사람이 그나마 신자 비슷하게 살 수 있게 된 것은, 1979년 가톨릭 언론인회(당시, 가톨릭 저널리스트 클럽) 회장을 하면서부터였다.

국제회의 참석차 홍콩을 다녀왔는데, 다녀온 후 일주일가량을 아무 이유 없이 심하게 앓았다. 나는 그때 주님께서 '정신 차려!'라는 메시지를 보내셨다고 생각했다. 그 무렵 우리 가족은 여의도에 살고 있었고, 두 아들은 형제 복사를 하고 있었다. 성당까지는 30분 정도 거리였다. 그 아픈 와중에도 나는 매일 미사에 참례하곤 했다.

앓고 나서부터는 700명 정도 수용하는 KBS 식당에서 식사를 할 때마다 성호를 긋곤 했다. 그런 내 모습을 보고 많은 사람들이 천주교에 관심을 갖기 시작했고, 그것을 계기로 KBS 신자 모임을 만들게 되었다. 나는 어느 부서의 어떤 이가 가톨릭 신자라는 이야기를 들으면, 당장 만나 설득한 끝에 모임에 나오게 했다. 그러나 유감스럽게도 당시 KBS 안에서는 모임을 가질 분위기가 아니어서, 밖에서 피정 등을 가지며 결속을 다졌다.

언젠가 진정한 신자는 '본당 신자'라는 얘기를 들은 적이 있다. 그 말을 듣고 보니 본당에서 제대로 신자 생활을 하지 않으면서 교구 근처에서 얼쩡거리는 것은 바람직하지 않다는 생각이 들었다. 그래서 그때부터 자진하여 본당에서 직책을 맡아 활동하게 되었다. 이런저런 교회 행사에서 사회를 보게 되었고, 그전까지만 해도 기도문조차 제대로 외지 못할 만큼 형편없는 신자였던 내가, 그 덕분에 조금씩 커간 것이 아닌가 싶다.

방송 일을 할 때도 취재차 오고가는 중에 기도를 자주 드렸다. '주님 보시기에 좋은 방송'을 하게 해달라는 기도였다. 견진까지 받았지만 엉터리 신자였던 내가, 몸이 아픈 것을 계기로 차츰 성장하는 것을 느낄 수 있었다.

무슨 일을 하든 열심히 하는 편인 나는, 프로그램을 만들 때도 마찬가지였다. 라자로 마을을 소개하기도 하고, 결핵 환자를 비롯하여 어려운 사람들이 수용되어 있는 시설 등을 취재하여 나름대로 의미 있는 프로그램을 만들려고 애썼다.

그 중 나환자를 위한 방송이 있었는데, 하루는 그 방송을 들은 환자가 참으로 감동적인 편지를 보내왔다. 이 편지를 받고 내가 얼마나 감격하고 고마워했는지 모른다.

선생님,
저는 지금 손을 쓸 수 있기 때문에 선생님께 편지를 씁니다.
편지를 쓸 수 있게 손을 주신 하느님께 감사드립니다.
제가 손마저 쓸 수 없다면
선생님께 편지를 쓸 수 없지 않겠습니까.

얼마나 감사한지 모릅니다.

제가 만일 사지육신이 멀쩡했다면,

자신의 쾌락을 추구하기 위해 헤매고 다녔을 겁니다.

그러나 제가 앉은뱅이가 되어서 아무것도 마음대로 할 수 없지만,

이것 또한 하느님의 은총이라고 생각합니다.

그러기 때문에 주님을 깊이 알고, 깨닫고,

그분을 공경할 수 있는 것이 아니겠습니까.

이렇게 내가 보람을 느끼는 일을 하며 그 일을 통하여 신앙 또한 성숙해질 수 있었으니, 이 또한 무척 감사한 일이다.

그러나 직장생활을 하는 동안 모든 일이 순조로웠던 것은 아니다. 한때 KBS에서 간부들을 연세대학교 대학원에 보내 공부를 시켜준 적이 있다. 나도 그중 한 명인데, 그때 같이 공부한 사람들을 지금도 두 달에 한 번 정도 만난다. 그들과 만나게 되면 늘 나오는 얘기가 하나 있다. 현직에 근무하는 몇 십 년 동안, 제대로 휴가 한번 찾아 쓴 적이 없다는 얘기이다. 그만큼 KBS 동료 중 휴가를 찾아먹은 사람이 드물었다.

그런데 나는 회사 눈치 보지 않고 꼬박꼬박 휴가를 챙겨먹었다. 이 때문에 회사에 미운 털이 박혔겠지만, 그보다는 내가 가톨릭 신자라는 것이 더 큰 이유였을 것이다.

당시만 해도 정부와 가톨릭 간에 냉기가 감돌던 시절이었기 때문에, KBS에서는 성탄 미사조차 중계하지 않고 있었다. 그 불똥이 내게도 튀었는데 직장 윗선으로부터 수차에 걸쳐 가톨릭 저널리스트 클럽 회장직을 그만두라는 종용을 받았던 것이다. 또한 진급에서도 불이익을 당하는 등 이런저런 압력이 많았다.

　그럼에도 불구하고 나는 KBS 가톨릭 신자들을 한 사람 한 사람씩 규합해 저녁식사 자리를 마련하고, 명동성당 구내에 있는 샬트르 성바오로 수녀원에서 모임을 열기도 했다. 특히 처음에는 다섯 명에 불과하던 KBS 가톨릭 신자모임이, 내가 초대 회장직을 넘길 때는 100여 명으로 불어나 있었으니, 지금까지도 두고두고 보람을 느낀다. 그러고 보면 끝까지 내 신념대로 언론현장을 누비며 신앙생활을 병행한 것이야말로, 내가 한 일 중 가장 잘한 일이라는 생각이 든다.

신앙인으로서의 활동

 남편은 늘 스스로 복이 많다고 생각한다. 좋은 선배들을 만나 인생의 교훈을 얻었고, 좋은 후배들을 만나 미욱하나마 선배로서의 역할을 할 기회가 많았기 때문이라고 한다. 내가 곁에서 지켜보기에도 남편은 늘 그분들의 기대에 미치는 사람이 되려고 노력해 왔다.

그런 노력 중의 하나가 신앙인으로서의 활동이었다. 특히 '가톨릭 언론인회'와의 인연이 깊었다. 남편은 서울교구 클럽의 회장을 맡으면서 전국 클럽의 부활을 위해 무척 노력했다. 가톨릭 클럽이 대단히 침체된 상황이었지만, 의욕만 있으면 할 일은 많았다. 그래서인지 7년이라는 비교적 긴 기간 동안 남편이 회장직을 맡았는데 「가톨릭 언론인회 20년사」를 발간했던 일이며, 전국을 돌며 피정을 했던 일, 그리고 성지 순례 프로그램을 만들어 회원 간에 신앙심을 돈독히 했던 것은 아주 뜻 깊은 일이었다.

이밖에도 여러 천주교 단체 활동에 참여했다. 남편이 감투를 좋아해서가 아니라, 일 자체를 좋아해서였다. 직업이 방송국의 프로듀서였기 때문에 남편은 어떤 일의 계획을 세우고, 추진하고, 진행하는 일에 매우 적극적이었다. 어쩌면 그것은 거의 본능적으로 표출되는 것이 아니었을까 싶다.

남편이 40대 초반일 때 참여했던 '천주교 평신도 사도직 협의회'가 대표적이다. 당시 서울대교구장이셨던 김수환 추기경님을 보좌하는 모임이 있었다. 현석호 회장님을 비롯한 어른들이 주축이 된 모임이었는데, 비교적 젊은 남편이 이 모임에 참여하다 보니 자연히 평협에도 관계하게 되었다. 그런 인연으로 나중에는 서울대교구의 부회장과 전국평협의 부회장도 맡게 되었다.

1981년 10월 18일 여의도광장에서 열린 '천주교 조선교구 설정 150주년 기념 신앙대회' 역시, 남편에게는 일대 사건이었다. 이때의 일은 나도 생생히 기억하고 있다. 말이 150년이지, 단 한 번도 군중집회 성격의 모임을 갖지 않았던 천주교가 150주년 기념행사를 갖는다는 것 자체가 실로 엄청난 일이었다. 이 행사를 준비하면서 남편이 맡은 역할은 홍보국장과 여의도광장에서 개최된 기념행사의 총연출이었다. 이 일은 참으로 의미 있으면서도 간단치 않은 것이었다. 행사의 대본도 준비해야 하고, 그 대본에 따라 일사불란하게 움직여야 했기 때문이다.

더불어 행사의 총연출자로서 신부님들과 수녀님들 그리고 평신도 형제들과도 접할 기회가 많았는데, 그 덕분에 우리 부부는 소중한 인연을 많이 만들 수 있었다. 당시 큰아들에게 신학 공부를 시키고 싶어 한 것을 안 신부님들과 각 수도회의 총장 수녀님들이, 큰아들이 신부가 될 수 있게 도와달라는 기도까지 해주셨으니, 우리로서는 평생 잊지 못할 은혜를 받은 셈이다. 그때 만나 뵈었던 분들과는 지금도 '9일회'라는 모임을 통해서 만나고 있다. 그러고 보면 소중하지 않은 인연이란 없는 것 같다. 한 번 만난 사람은 어떤 식으로든 다시 만나게 되니, 사람의 인연이란 그만큼 소중한 것이다.

2012년 10월, 한국 재속프란치스코회 75주년 행사 수고한 분들과 함께

남편이 천주교 신자로서 분에 넘치는 역할을 할 수 있었던 예는 이 밖에도 많았다. 언론인으로서 처음으로 김수환 추기경님을 인터뷰했고, 서울가톨릭대학교 대학원에서 김몽은 신부님을 도와 설교학을 강의했으니, 내가 생각하기에도 남편은 천주교 신자로서 여간 행복한 시절을 보낸 것이 아니다.

그리고 마침내 지난 2012년 10월, 우리 부부가 소속되어 있는 '한국 재속 프란치스코회 75주년 기념행사'가 개최되었다. 이 행사의 부위원장을 맡은 남편은, 몇 년 전부터 큰 책임감을 느끼며 준비를 해왔다. 남편이 72세였던 2009년에 재속회 전국 회장님의 부탁으로 부위원장 직을 수락하게 되었는데, 다행히도 만 3년간 책임자로서의 역할을 훌륭히 소화해 내었다. 당시 몸이 굉장히 아팠던 남편은 재속회 75주년 때까지만 어떻게든 살게 해달라고 기도를 드리곤 했는데, 마침내 그것이 이루어진 것이다. 이때 남편을 도와 행사가 무사히 치러질 수 있게 애를 써주신 많은 분들께, 다시 한 번 감사 인사를 전하고 싶다.

　남편은 비록 늦은 나이(28세)에 세례를 받았지만 줄곧 교회에 몸담아 교회 발전을 위해서 일을 했다.

　아이들 기억에는 늘 저녁 6시면 퇴근하셔서 식구들과 함께 저녁을 먹는 아버지였다고 한다. 그러고는 두 번째 출근하는 곳이 성당이었다.

　여의도에서 25년을 살면서 본당의 사목회 부회장부터 청소년 분과장, 구역 분과장, 교리교사, 미사전례의 주송자, 레지오 마리에, M.E, 꾸르실료 등 적극적인 신앙인의 삶을 살았다. 또한 서울대교구의 일(여러 주교님의 주교서품축하식 사회)은 물론 성체 분배자와 노인 복사로 활동하기도 했다.

나는 결혼을 하면서 신자가 되었고 1968년에 세례를 받았다.

누구나 다 비슷하지만 나 역시 한 몸에 여러 가지(아내·어머니·맏며느리·교사)로 책임이 맡겨지다 보니, 성당에서의 활동은 거의 할 수 없었다.

87년에 반년 동안 주일학교 교사, 88년에 직장인 레지오마리에 활동이 전부였다. 물론 M.E와 꾸르실료 교육은 받았지만 활동은 없었다.

지금은 프란치스코 재속회원이 되어 감사하고 또 감사하는 마음으로 살고 있다.

자식 보기에 부끄럽지 않은 아버지

언젠가 가정생활에 대하여 오기선 신부님께 고해성사를 보면서 이런 고백을 한 적이 있다. 모습은 보이지 않아도 내 목소리가 특이하기 때문에, 신부님은 누구인지 아셨을 것이다. 그때 신부님이 말씀해 주신 것이 오래도록 가슴에 남아 있다.

"자식 보기에 부끄럽지 않은 아버지가 되십시오."

이 말씀을 듣고 몹시 감동을 받았는데 아주 짧고도 긴, 명료한 가르침이었다. 그 후 그것이 나의 좌우명이 되었다.

나는 여행 관련 책 이외에 종교 관련 책도 몇 권 출간한 바 있다. 그 중 하나가 「나의 아이들 하느님의 아이들」이다. 〈여원〉이라는 여성지에 '아빠가 쓰는 육아일기'라는 제목으로 연재된 글을 주축으로 묶은 책이다.

그 책에서 "부모는 하느님으로부터 위탁받은 자녀들을 관리하는 사람이다."라고 썼던 기억이 난다. 나는 항상 아이들에게 하느님 안에서 좋은 습관을 갖게 하고 좋은 추억을 만들어 주는 것이, 부모의 가장 큰 역할이라고 생각해 왔다.

여의도본당의 어린이 미사는 토요일 3시에 열리곤 했다. 토요일만 되면 둘째아들 녀석은 성당 수녀원에 가서 밥도 먹고 TV도 보면서, 거의 살다시피 했다. 수녀님께서 "시청료 대신 내셔야겠어요."라고 말씀하실 정도였다.

그런 둘째가 어느새 미국 유학을 가 간간히 안부전화를 걸어올 때도, 나는 제일 먼저 "지난 주일에 성당에 갔다 왔느냐?"고부터 물었다.

지금 와서 생각해 보면 나름대로는 자상한 아빠가 되기 위해 애썼음에도 불구하고, 자상한 아빠보다는 엄격한 아빠였던 것 같다. 다만 한 가지 아버지로서 잘했다고 생각되는 점은, 주일

학교에 절대 빠지지 않도록 아이들을 길렀다는 점이다.

요즘은 손녀딸에게도 마찬가지로 가르친다. 같이 식사할 때면 큰 아빠가 신부님인데도, 자기 방식대로 기도를 하곤 했다. 그래서 아이에게 맞는 식사 전후의 기도를 가르쳐 준 다음, 빠뜨리지 않고 실행하게 했다.

나는 두 아들이 어렸을 때도 밤 아홉 시에는 꼭 가족들이 모여, 가정기도를 드리는 것을 거른 적이 없었다. 아울러 잠자기 전에는 뽀뽀를 하도록 습관을 들였다. 스킨십을 통해 친근감을 갖도록 한 것이다.

프랑스 격언에 "위대하지는 않더라도 평범하기만 해도 훌륭한 삶이다."라는 말이 있다. 우리 아이들도 그런 의미에서는 평범해도 올바르게 기르려고 애를 썼다. 그리고 아버지와 아들 사이에 약속한 것은 반드시 지켜야 한다는 것을 강조했다. 아들과의 약속에 대해 쓰다 보니 한 가지 기억나는 일이 있다.

부활 대축일 3일 전이었다. 오락실에 안 가겠다고 약속한 두 아들 녀석이, 나와의 약속을 깨고 오락실에 출입한다는 사실을 알게 되었다. 곧바로 아이들이 잘못을 말하고 용서를 청했지만, 내가 받아들이지 않아 서로 간에 불편한 시간을 보냈다. 마음 한편으로는 모든 사람들과 화해하고 용서하는 부활절에, 아이들에게 마음을 열지 않은 상태에서 '평화의 인사'를 나누어야 한다고 생각하니 여간 꺼림칙하지 않았다.

그러던 중 큰아들이 "아버지, 저희가 사실대로 말씀드리고 용서를 청했는데도, 이 정도로 용서하지 않는 것은 너무한 것 아닙니까?"라고 항의를 해왔다.

그런 일이 있고 얼만 안 있어 큰아들이 다니는 여의도고등학교 강당에서, 전교생을 상대로 특강을 할 기회가 있었다. '아버지의 마음'이란 주제였는데, 강의 중에 부자가 다툰 이야기를 하다가 갑자기 목이 메었다.

그 순간 저 멀리 강당 뒤쪽에서 울고 있는 큰아들이 눈에 들어왔다. 아들의 우는 모습을 보고 나니, '그러면 됐다'는 생각이 들었다.

너무 많은 것을 기대하지 않으며 부모 자식 간에 숨기는 것 없이 사는 것만으로도, 훌륭한 삶이라는 생각이 들었던 것이다.

아들을 천주교 사제로 둔 이야기

 우리 부부는 살아오는 동안 내내 늘 자식 보기에 부끄럽지 않은 부모가 되기 위해 노력했다. 그것은 곧 우리 자신에 대한 희망이기도 했고, 두 아들에 대한 희망이기도 했다.

두 아들에게 희망했던 것 중 하나가 형제가 함께 복사하는 모습이었고, 다른 하나는 아들이 신학교에 입학하는 것이었다. 나머지 하나는 우리 집안에서 사제, 즉 신부님이 탄생하는 것이었다. 이 세 가지 희망을 이루어달라고 남편과 나는 열심히 기도를 드렸다.

그런데 지금 그 세 가지 중 어느 것 하나 모자람 없이 다 이루어졌으니, 이 모든 기쁨을 우리 부부만 누릴 일은 아니라고 생각한다.

큰아들 환수 신부는 우수(雨水)에 태어났다. 백일이 되어 유아세례를 받았고, 우리 부부의 영향을 받아 자연스럽게 가톨릭 분위기에서 자랐다. 7살에 학교에 들어간 환수 신부는 어릴 때부터 성격이 유순하고 원만하여 친구들하고도 잘 어울렸다.

하루는 환수 신부가 제 할아버지에게 어린아이답지 않은 진지한 표정으로 부탁했다.

2000년 9월, 할머니·할아버지 묘소
맏손자 환수 신부의 미사 집전

"할아버지, 제가 소원이 있는데 할아버지가 성당에 나가시는 거예요."

이렇게 해서 1978년 우리 가족 중 마지막으로 아버님이 가톨릭 신자가 되셨고, 10년이 채 안 되어 직계가족 22명이 모두 세례를 받게 되었다.

어릴 때부터 부모의 희망을 읽었는지, 환수 신부는 초등학교 4학년 때 이미 신부가 되겠다는 꿈을 가졌다. 성소주일 강론에서 "추수할 것은 많은데 추수할 사람은 적다." 즉 신부가 해야할 일은 많은데 막상 신부의 수는 적다는 요지의 말씀을 듣고 그렇게 다짐했다는 것이다. 환수 신부로서는 일찌감치 성직자의 길이 어떤 것인지를 깨닫고, 그 깨달음을 자신의 인생 항로에 적응하는 데 게으름을 피우지 않았던 것이다. 그 또한 고마운 일이다.

우리 부부는 여러 가지 길 위에 가족의 기도와 오기선 신부님의 뜻이 있었기에, 이런 축복받은 삶이 가능했다고 믿는다.

남편이 총연출을 맡았던 '조선교구 설정 150주년 기념행사'를 끝마치고, 이번에는 우리나라에 천주교가 들어온 지 200주년을 기념하는 자리에 교황님을 모시고자 했다. 그래서 로마 교황청을 방문하는 팀이 구성되었는데, 남편도 그 안에 포함되어 있었다.

교회 신자 어른들, 성직자들과 함께 로마로 가는 길에 남편 일행은 프랑스 남쪽에 있는 루르드 성지에 들렀다. 루르드 성지는 그곳에서 성모님께 기도하면, 소망하는 바가 모두 이루어지는 곳으로 유명했다.

그곳을 함께 방문했던 분들의 말에 의하면, 남편이 그때 미리 준비해 간 환수 신부의 손톱과 발톱, 머리카락 등을 땅에 묻으면서 간절히 빌었다는 것이다. 남편은 열심히 기도한 것까지는 기억하지만 손톱과 발톱, 머리카락을 가지고 갔던 것은 잘 기억나지 않는다고 했다. 동행했던 분들이 쓸데없이 놀린 것은 아닐 터이고, 어쩌면 아들이 신부님이 되는 것에 대해 큰 소망을 품고 있었으므로, 남편이 기억만 못할 뿐 그분들의 말이 맞는 것인지도 모르겠다. 나는 큰아들이 신부님이 된 것에, 이러한 남편의 기도의 힘도 작용하지 않았을까 생각해 본다. 아무튼 돌이켜보면 환수 신부는 신부의 길을 갈 수밖에 없었던 것 같다.

환수 신부가 중학교 1학년 때였다. 김수환 추기경님이 여의도성당에 견진성사를 주시러 오신 적이 있었다. 그때 추기경님이 "앞으로 신부될 사람 손들어!" 하셨는데 환수 신부가 기다렸다는 듯 손을 들었다. 그러자 추기경님이 앞으로 나오라고 한다음, 사진을 함께 찍으며 격려해 주셨다. 그 후로 환수 신부는 예비 신학생 모임에 열심히 참석하는 등 안팎으로 많이 노력했다. 그 역시 우리 부부에게는 흐뭇한 일이었다. 그러니 더더욱 아들이 신부님이 되는 꿈을 간직할 수밖에.

남편은 종종 큰아들이 신학대학 시험을 칠 때 옆에 있어주지 못한 점을 무척 미안해했다. 공교롭게도 남편은 중국 출장길에 올라 있었다. 아들이 성직의 길을 가기 위해 시험을 치르는데 아버지는 외국을 방문하고 있었으니, 그때 남편의 심정이 어떠했을지 짐작되고도 남는다.

중국에 도착하자마자 남편은 아들을 위해 할 수 있는 일을 찾아내었다. 수소문 끝에 공산당 간부의 안내를 받아, 전화번호부에도 나와 있지 않은 연길시의 성당을 찾아간 것이다. 당시만 해도 중국 여행이 개방되어 있지 않은 상태였다.

남편은 낯선 성당의 신부님 앞에서 무릎을 꿇고 예물을 바치며, 아들을 위한 미사를 간청했다고 한다. 그때 그곳에 있던 공산당 간부의 깜짝 놀라던 모습이 아직도 눈에 선하다고. 이렇듯 남편은 이국땅에서나마 아버지로서의 도리를 다하고 싶었던 것이다.

사제의 길을 가는 것은 결코 자신만의 영달을 위한 길도 아니요, 행복만을 추구하는 길도 아니다. 그 때문에 더욱 소중하게 보이는 것이 사제의 길일 것이다. 그래서일까. 우리 부부는 아들이 1989년 가톨릭대학교 신학대학에 입학한 후에도 늘 가슴을 졸였다.

사제가 되려면 대학 4년, 대학원 2년, 군대 복무 3년, 부제반 1년 등을 합하여 총 10년이라는 기간이 필요하다. 신학 공부를 하는 당사자도 힘들지만, 그 모습을 옆에서 지켜봐야 하는 부모 또한 마냥 편하지는 않다.

환수 신부가 신학교에 입학한 후로 우리 부부는 골프를 끊었다. 아들은 속세를 떠나 사는데, 부모가 돼서 전에 누리던 것을 똑같이 누릴 수는 없는 일이었다. 아들에게 미안한 마음이 들어서이기도 했지만, 그보다는 신부님이 될 아들의 앞길에 조그마한 티끌이라도 보여서는 안 되겠다는 생각 때문이었다. 그러니 모든 것이 조심스러울 수밖에 없었고, 행동 하나하나에도 신중을 기해야만 했다.

우리의 경우 다른 신학생들의 부모보다는 좀 나은 편이었다.

남편이 신학교에 강의를 나갈 때마다 아들을 만날 수 있었고, 아들을 만날 때마다 "거룩하게 사는 것, 공부 열심히 하는 것도 중요하지만 늘 기쁘게 살라."는 격려를 보낼 수 있어서였다.

성직자가 되기 위해 부단히 애를 쓰는 아들의 모습을 지켜보면서도, 우리 부부는 서품식 때까지 안절부절 못했다. 어떤 신학생이 서품식을 사흘 앞두고 서품 불가 판정을 받는 것을 봤기 때문이다. 신부님들도 사제가 되기 전에는 보통 사람들과 다를 게 없다. 그러므로 여러 가지 현실적 어려움을 슬기롭게 이겨낼 수 있어야 했다.

보통 사제가 되기 전 한 달간 피정(避靜)을 하게 되는데, 그 기간 동안 교구에서는 조금이라도 사제로서의 흠이 있는지 없는지를 가려내게 된다. 우리 부부는 이런 일련의 과정을 아는지라, 아들이 서품받기 1주일 전부터 촉각을 곤두세우며 자나 깨나 기도만 드렸다.

마침내 환수 신부는 1997년 7월 5일에 사제 서품식을 갖고 신부님이 되었다. 그날은 한국 최초의 신부님인 성 김대건 안드레아의 축일이기도 했다. 그리고 7월 6일 여의도성당에서 첫 미사를 집전했다.

그제야 우리 부부는 가슴에 얹힌 체증이 쑥 내려가는 기분이었다. 실제로 남편과 나는 그날이 되기 전까진 몹시 아팠었는데, 환수 신부가 서품식을 무사히 마친 후에는 언제 그랬냐는 듯 둘 다 멀쩡해졌다.

여의도 성당의 신자 말고도 외부의 많은 분들이 환수 신부의 미사에 참석해 주었다. 그분들이야말로 환수 신부와 우리 내외에게 있어 가장 큰 은인이라고 생각한다. 이 글을 쓰게 된 것도 그분들을 영원히 잊지 않고 기억하고자 하는 것과, 우리 부부의 감사한 마음을 마음으로만 그치지 않고 글로 표현하여 한 번 더 고마움의 인사를 드리기 위해서이다.

일단 사제가 되면 그때부터는 신자들을 위해 살아야 한다. 그래서 우리 부부는 환수 신부에게, 아들인데도 말을 놓지 않고 '신부님'이라는 호칭을 쓴다. 부모인 우리부터 자세를 낮춰 사제를 더 존중해 주어야 한다고 생각되기 때문이다.

환수 신부는 사제생활 8년 만에 신월1동 성당 주임신부님으로 발령을 받아 6년을 근무했다. 보통은 5년 근무인데 새 성당을 짓느라 6년이 걸렸다. 이후 다음 부임지로 가기 전까지 안식년 1년 휴가를 받아 여행을 떠났다가, 교구청의 부르심을 받아 현재는 천주교 서울대교구 교구청의 행정실장을 맡고 있다. 우리 부부는 이 모든 일을 이루어주신 하느님께 그저 감사할 따름이다.

작년에 남편과 나는 서서울 지역에 있는 성직자들의 부모님을 위한 피정에 참석한 적이 있다. 피정 중에 부모님이 성직자 자녀에게 편지를 쓰는 시간이 있었는데, 그때 우리 부부도 환수 신부에게 편지를 쓰게 되었다. 얼마 안 있어 환수 신부의 답장을 받았다. 부모님을 생각하는 큰아들의 마음이 그대로 담겨 있어 무척 감동적이었다.

사랑하는 부모님께

보내주신 편지 잘 받아보았습니다.
사실 깜짝 놀랐다고 하는 것이 맞겠네요.
어머니 말씀대로 정말 오랜만에 부모님의 편지를 받고 보니,
내심 놀랍기도 하고 한편으로는 기쁘기도 하였습니다.
아마 피정 프로그램 중에
아들 신부들에게 편지 쓰시는 시간이 있었던 듯한데,
정말 조 주교님의 놀라운 센스를 다시 한 번 실감하게 됩니다. 서
서울 지역청에서 온 공문이라도 되는 줄 알고 뜯어본
편지봉투 안에, 부모님의 편지가 있을 줄 상상이나 했겠습니까?
어쨌든 편지를 읽는 그 시간은
오랜만에 느껴본 행복한 시간이었습니다.

백발이 성성한 노인도

더 늙으신 부모 앞에서는 어린 아이라지요.

나름 주임 신부로서 신자들에게 존경과 인정도 받지만

두 분 앞에서야 물가에 내놓은 어린아이일 거라는 짐작도 해봅니

다. 그래서 때로는 걱정도 끼치고 염려도 하시게 된다는 것을요.

하지만 너무 걱정 마시라는 말씀 드리고 싶네요.

사실 두 분의 걱정에 가끔씩 아쉬운 마음이 들기도 하지만,

모두가 이 아들 신부를 염려하시는 두 분의 사랑 때문임을

알기에 그 마음이 그리 오래가지는 않습니다.

저 역시 부모님의 사랑을 늘 기억하며

최선을 다해 사제로서 의 삶을 살기 위해 노력할 것입니다.

어머니께서도 건강 이야기를 하셨지만,

언젠가 아버지가 넘어지셔서 수술을 받으시고 꼼짝 못하실 때

어머니도 허리를 다치셔서 답답하신 마음에 저에게 전화를 걸어오

셨던 적이 있었습니다. 그때 제 마음이 얼마나 안타깝던지요.

아무것도 해드리지 못하고 그저 발만 동동 구르던

그때의 제 모습이 떠오릅니다.

그래서인지 그레이스 힐로 옮기시겠다고 하셨을 때

무척 안심이 되었습니다. 지금이야 가까이 계셔서 다행이지만,

앞으론 제가 어느 곳으로 가게 될지 모르는 일이라,

주변에서 관심 가지고 돌보아 드릴 사람이 있다는 것이
얼마나 다행스러운 일인지 모릅니다.
물론 제가 더 자주 찾아뵈어야 하겠지만 마음만큼 실천하지
못하는 것에 대해 너그럽게 이해해 주시기를 바랍니다.

가끔씩 아버지께서 말씀하시던
'영정 사진'이나 '장례식장' 이야기가 생각납니다.
아버지는 워낙 모든 일에 준비성이 투철하신 분이라
당신 마지막 가시는 길에도 몸소 준비하고자 하시는 그 마음을
모르는 것은 아니지만, 그래도 조금이라도 더 오래 두 분을
뵙고자 하는 자녀들의 마음을 헤아려 주시기 바랍니다.
마지막으로 드리고 싶은 말씀은,
혹시라도 가끔씩 보이는 무뚝뚝한 저의 말투나 태도에
마음 아파하지 않으셨으면 하는 겁니다.
누구를 닮아서 그런지는 몰라도(?) 저 역시
잔뜩 애정을 담은 말이나 표현이 낯간지러울 때가 있습니다.
그러다 보니 무심코 던지는 말들이 때로는 심통 나게 보이기도,
또 때로는 화난 사람처럼 보이기도 할 겁니다.
물론 고쳐야 할 단점이긴 하지만
속마음만은 그렇지 않다는 걸, 오히려 그렇게 말한 저 자신이 더

겸연쩍어 한다는 걸 알아주셨으면 합니다.

뜻하지 않게 기쁜 마음으로 받아든 두 분의 편지에
저도 이렇게 편지를 드립니다.
저의 이 편지가 두 분께도 작은 기쁨이 되길 빌어봅니다.
비록 많이 연로하시고 불편하신 곳도 많지만,
지금의 모습으로라도 그대로 건강 유지하시고
저희 곁에 함께 계셔서,
언제나 이 아들 신부에게 큰 기쁨이 되어주시길 희망합니다.
언제나 두 분을 위해 기도하겠습니다.
자비로우신 하느님께서 항상 두 분과 함께하셔서
풍성한 은총과 사랑을 베풀어 주시고
영육 간의 건강을 지켜 주시기를 두 손 모아 기도합니다.

2012년 5월 어느 날 밤에,
아들 신부 환수 가비노 올림.

둘째아들 환태(桓兌)도 한때는 성직자의 길에 관심을 가졌지
만, 미국의 U.N.L.V.에서 호텔 경영학을 공부하고 돌아와, 지
금은 삼성그룹의 에버랜드 과장을 거쳐 CJ 그룹의 부장으로서

충실히 근무하고 있다.

정직하고 소탈한 환태 역시 바쁜 직장생활 중에도, 성당의 전례단에 들어 미사해설을 할 만큼 열심히 신앙생활을 하고 있다. 늘 믿음직한 모습을 보여주던 환태는, 착하고 미더운 배우자를 만나, 2000년 6월 3일 백년가약을 맺었다.

결혼 전에 며느리는 자기 집에서 멀리 떨어진 여의도성당까지 다니며 교리 교육을 받았다. 그 덕분에 며느리 역시 신자가 된 상태에서 환태와 결혼식을 올렸으니, 이 또한 무척 감사한 일이다.

요즘 우스갯말로 딸을 먼저 낳고 아들을 낳았을 경우 '200점짜리 엄마'라고 부른다는 이야기를 들었다. 2001년 크리스마스에 딸 솔을 낳고, 2005년 그것도 결혼기념일인 6월 3일에 아들 찬을 낳았으니, 우리 부부 입장에서 보면 '200점짜리 며느리'가 된 셈이다.

지난 한글날에는 각자 바빠서 함께하기 힘들었던 우리 부부와 두 아들, 그리고 작은집 식구들까지 모여, 천주교 대전교구 묘지로 성묘를 다녀왔다. 비록 뙤약볕 밑에서였지만 환수 신부님의 집전으로 미사를 드려 무척이나 흐뭇했다.

시편 8장 5절에 "인간이 무엇이기에 이토록 기억해 주십니까? 사람이 무엇이기에 이토록 돌보아 주십니까?" 하는 말씀이 있다. 이 말씀을 되뇌며 남편과 나는, 앞으로도 늘 기쁘고 늘 감사하는 마음으로 살 것이다.

좋은 반쪽이 되려면

 우리는 흔히 한 남자와 한 여자가 결합하여 가정을 이루는 것을 두고 '결혼'이라고 한다. 여기에는 두 개의 인격체가 서로 버팀이 되어 사람 '人'자를 이루듯이, 인간은 나머지 한 짝을 만나 가정을 이루게 됨으로써 비로소 완전한 사람이 된다는 뜻이 숨어 있다.

그리스 신화 가운데 이런 이야기가 있다. 신이 처음으로 인간을 만들었을 적에는 남녀 양성(兩性)을 한 몸으로 하여 등을 서로 맞붙여놓았는데, 그 남녀가 매우 사이가 좋은 것을 보고 질투가 난 나머지 인간을 두 동강이 내어 멀리 내동댕이쳐 버렸다는 것이다. 그 후 남녀가 본시 자기 몸의 반쪽이었던 이성(異姓)을 찾아 방황하게 된 것이, 이른바 '좋은 반쪽' 또는 '반려자', 영어로는 'Better Half'라는 말의 어원이 되었다고 한다.

나는 가끔씩 이제 막 첫걸음을 떼는 신혼부부들의 주례(主禮)

를 설 때가 있는데, 그때마다 몇 가지 강조하는 것이 있다.

두 사람이 만나서 결혼에 이른 것은, 상대방이 마음에 들어서이다. 그러나 결혼한 후에는 각자가 가진 장점과 미덕하고만 사는 게 아니라 오히려 마음에 들지 않는 점, 다시 말해 단점이나 결함과 함께 살아야 하는 경우가 더 많음을 명심해야 한다. 이렇게 결혼생활은 어느 한쪽의 노력만으로는 결코 달콤해지지 않는, 꿈의 연속이 아니라는 사실을 깨달아야 한다.

신뢰와 사랑을 바탕으로 상대방의 부정적인 면을 감싸주고, 장점의 씨앗을 찾아내어 서로를 북돋아줄 때 참다운 의미의 부부가 될 수 있기 때문이다.

또 한 가지는 결혼한다는 것 자체가 하나의 신비라는 사실이다. 이러한 신비를 파괴한다면, 그것은 상대방에 대한 배반으로만 그치는 것이 아니다. 그 결혼을 축복하고 공중해 준 일가친척과 모든 이웃과 사회에 대한 배신이요, 나아가서는 하늘에 대한 거슬림이 되는 것이다.

우리 부부의 행복했던 45년 결혼생활을 거울삼아, 몇 가지 예를 들어보겠다.

첫째, 부부가 서로 존중하는 사이가 되기를 바란다. 대화할 때에도 반말을 하지 말고, 조금 격을 높이는 말로써 서로를 대했으면 좋겠다. 반말을 하는 것이 매우 친밀하게 보이는 젊은 이들의 특권처럼 보일 수도 있다. 그러나 보통 때 반말하는 사람들이 화가 났을 때는 어떤 말을 쓸까를 생각해 보면, 왜 이런 얘기를 하는지 짐작할 수 있을 것이다.

둘째, 서로의 좋은 반쪽에 대해 깊은 관심을 갖기를 권한다. 서양 속담에 "정월 초하루를 맞아 남편이 새 수첩에 기록해야 할 것 세 가지가 있는데, 아내의 생일과 결혼기념일 그리고 한 달에 한 번씩 신경질 내는 기간이다."라는 이야기가 있다고 한다. 남편이 아내의 옷차림이나 음식 차림에 대해 관심을 갖는 것도 애정 표현 중의 하나이다. 반면 아내는 크든 작든 시댁의 대소사에 관심을 갖고 연간 일정표를 만들어 알뜰하게 정성껏 챙기는 일이 꼭 필요하다.

셋째, 하루에 한 번 이상 서로를 격려해 주는 것이 바람직하다. 그럼으로써 기쁨과 긍지와 자신감을 갖게 되기 때문이다. 쑥스럽긴 하지만 나는 아내에게 아침마다 내게 뽀뽀해 줄 것을 당부하고 있다. 이는 오늘 하루도 잘 살자는 약속이 된다. 그리고 나 역시 오늘 하루 아내를 극진히 돌보아주겠다고 기도 중에 다짐한다.

넷째, 부부가 같은 취미를 갖고 자주 대화하고, 모든 일을 같이 의논하여 결정하기 바란다. 결혼의 행복이란 부부간의 사랑도 중요하지만, 평소에 부부가 얼마나 많은 대화를 나누는가에 달려 있다. 아무리 서로를 사랑한다 하더라도 서로의 감정과 생활을 같이하지 않는다면, 결혼생활에 대한 회의와 갈등이 생기기 쉽다. 우리 부부는 여행이라는 공동 관심사를 가지고 늘 대화해 왔고, 은퇴 후에는 여행이 바로 우리 부부가 함께 누리는 제2의 인생이 되었다.

다섯째, 서로의 배우자 가족에 대해 이야기를 할 때는 장점을 부각시키는 것이 좋다. 그래야 좋은 관계가 유지될 수 있는 것이다.

여섯째, 감사하는 마음을 늘 가져주기를 부탁하고 싶다. 나는 아침에 눈을 뜨면 오늘도 기쁜 마음, 감사하는 마음 그리고 마음의 여유를 갖겠다고 다짐한다. 덧붙여서 늘 감사하는 마음을 가지려면 종교생활이 꼭 필요하다는 것도 강조하고 싶다. 참다운 신앙생활을 할 때 이 세상의 모든 것을 창조하신 하느님께 감사하게 되고, 부모님께 감사하게 되며, 이웃에게 감사하는 생활을 하게 된다. 아울러 남에게 받기보다는 남을 위해 베풀 때 진정한 기쁨이 있음을 명심하고, 아낌없이 베풀기를 바란다.

일곱째, 요즘 이혼하는 부부가 급격히 늘어나고 있다. 이혼을 다른 말로 '파경'이라고 하는데, 파경이란 거울이 부서지는 것을 이르는 말이다. 사랑이란 언제나 거울을 닦아주듯 맑게 손질해 두어야 한다. 그와 더불어 마음의 거울도 맑게 닦아주기를 바란다.

지난 10월 26일은 우리 부부의 45주년 결혼기념일이었다.

나는 사실 오랫동안 아내에게 빚진 것이 있었다. 아내와 결혼할 때 결혼반지로 어떤 보석이 좋겠냐고 물었다. 사파이어라는 대답이 돌아왔고, 나는 결혼반지로 아내에게 사파이어 반지를 맞춰주었다.

그러나 결혼을 하고 나서 얼마 안 돼 경제적인 어려움 때문에, 그 반지를 그만 팔게 되고 말았다. 언제고 해줘야지, 해줘야지 하면서 너무 오랜 세월을 흘려보냈다. 그것이 늘 마음에 걸렸는데, 드디어 이제야 아내에게 진 빚을 갚게 된 것이다.

사파이어 반지를 맞추러 가자는 내 말에 아내의 얼굴이 환하게 빛났다. 그동안 남편을 배려하느라 불평 한마디 없던 아내였다. 게다가 내 건강을 지켜주느라 나보다 더 동분서주하던 아내였다.

너무 늦은 감은 있지만 이 자리를 빌려, 기쁠 때나 슬플 때나 아플 때나 건강할 때나 언제나 내 곁을 지키며 든든한 버팀목이 되어준 나의 아내에게 사랑과 고마움을 전한다.

자녀를 위한 기도

우리 부부는 아기를 낳기 전에 주님께, 잘생기고 건강한 아기를 주십사 하고 기도드렸다. 나중에 알고 보니 남편의 첫 번째 기도는 아들을 바라는 마음으로 드린 기도였고, 두 번째는 딸을 바라는 마음으로 드린 기도였다고 한다.

남편의 바람대로 첫 번째 기도가 이루어져 두 번째는 딸을 낳을 것 같은 예감이 들었는데, 또 아들을 낳게 되었다. 주님께서 우리 부부에게 두 아들이라는 선물을 주신 것이다.

처음에는 약간 섭섭한 마음도 들었지만, 차츰 시간이 지나면서 주님께서 우리 부부의 기도를 얼마나 잘 들어주셨는지 그 응답이 도처에서 나타나기 시작했다.

아이들을 기르면서 보니까 큰아이는 좀 어질면서 과묵했고, 작은아들은 여자아이처럼 얼굴이 예쁘게 생긴 데다 상냥하고 총명했다. 여자아이하고 다른 것이라고는 지독한 장난꾸러기라는 것뿐이었다.

작은 아들은 어렸을 때부터 우리 본당에서 남편이 '아무개 아버지'로 통할 정도로 유명한 장난꾸러기였다. 흔히 "누구 모르면 간첩이다."라는 표현을 쓰는데, 둘째 녀석이 바로 그런 경우였다. 심지어는 학교 옥상의 굴뚝 꼭대기까지 올라가는 바람에, 교장선생님과 교직원들이 달려 나와 한참을 설득한 끝에야 마지못해 밑으로 내려오던 녀석이었다. 장난꾸러기였지만 딸 키우는 아기자기한 재미도 함께 주던 아들이었다.

아이들이 어렸을 때 우리 집에서는 밤 9시가 되면, 가족들이 다 함께 모여 기도를 드리곤 했다. 그때 드리던 기도가 바로 '자녀를 위한 기도'였다. 자식을 가진 부모들이라면, 언제나 곁에 두고 되새겨봐야 할 기도문이다.

자녀를 위한 기도

세상을 창조하신 하느님,
하느님께서는 저희에게 귀한 자녀를 주시어
창조를 이어가게 하셨으니
주님의 사랑으로 자녀를 길러
주님의 영광을 드러내게 하소서.

주님, 사랑하는 저희 자녀를 은총으로 보호하시어

세상 부패에 물들지 않게 하시며,

온갖 악의 유혹을 물리치고 예수님을 본받아

주님의 뜻을 이루는 일꾼이 되게 하소서.

우리 주 그리스도를 통하여 비나이다. 아멘.

1979년 4월 15일, 성모상 앞
환수 신부의 첫 영성체 후 환수·환태 형제 함께

큰아들이 신학교 2학년을 마친 다음 군 생활을 하고 다시 신학교로 복학할 때였다. 그때 내가 아들 방에 들어가 짐을 쌌는데, 마치 딸을 시집보내는 친정엄마처럼 이불과 옷가지, 책 등을 꼼꼼하게 챙겼다.

아들은 1년 반 동안 방위병으로 근무하던 터라 집에서 출퇴근을 하면서 우리와 함께 지냈다. 그렇지만 낮에는 군대 복무하고, 저녁에는 성당 일과 친구들을 만나느라 얼굴을 마주할 시간이 많지 않았다. 그래도 '저 방에 우리 아들이 있지.' 하며 마음 든든해하던 기억이 난다. 남편 역시 늦게 들어오는 아들을 위해 현관에 늘 불을 켜놓곤 했다.

그러다가 막상 아들이 떠난 다음 방문을 열어보니 텅 빈 방이 무척 허전하게 느껴졌고, 하느님께 아들을 바쳤다고 생각해 왔음에도 가슴이 찡해졌다. 남편도 나와 같은 마음이었던지, 우리 부부는 연신 아들의 빈 방을 들여다보곤 했다.

이런 것이 부모의 마음이다. 부모의 입장이 되면 자녀에게 거는 기대가 커질 수밖에 없다. 사람에 따라 각기 다른 각도에서 이런 기대도 하고 저런 기대도 하게 되기 때문이다.

그러나 남편과 나는 위의 기도문 이상으로 기대하지는 않았다. 물론 기도문 안에 자식에 대한 참된 기대가 다 들어가 있지만 말이다.

2013년 10월 19일, 신천동 성당 성모상 앞
환수 신부의 혼배미사 주례 후 일가족 기념 촬영

보통 부모들은 세속적인 의미에서 여러 가지 기도를 할 수 있는데, 우리 부부는 특히 아이들이 '올바르게' 살게 해달라는 기도와 '건강하게' 살게 해달라는 기도를 자주 드렸다.

부모로서의 바람은 자식들이 영육간의 건강하고 올바른 자녀로 자라나는 것이다. 남편과 나는 이제까지 주님께서 우리의 기도를 들어주신 것을 잘 알고 있기에, 오늘도 아무 걱정 없이 기쁘고 감사한 마음으로 살고 있다.

마음의 울림

 우리 부부가 하느님과 대화할 수 있는 길은 기도를 통해서이다. 그리고 신앙의 완성은 그 기도를 통해 이뤄진다고 한다. 그만큼 기도란 신앙인에게 있어 중요한 것이다.

누구에게나 자신이 좋아하는 기도가 있을 것이다. 물론 우리 부부에게도 있다. 맨 처음 그 기도문을 접하고는 무척이나 깨끗하고 진실한 마음에 깊은 감명을 받았다. 도대체 어떤 사람이기에, 주님에 대한 사랑이 얼마나 깊기에, 이런 기도를 했을까 싶어 그를 직접 만나보고 싶었다.

그 기도는 바로 〈어느 환자의 기도〉이다. 살면서 가장 절망적인 순간에 직면한, 한 나약하고 병든 가난한 인간의 간절한 신앙고백과 다름없는 기도이다.

신자는 물론 일반인들 중에서도 들어본 사람이 많을 것이다. 그리고 대부분 이 글을 읽으면서 숨어 있는 자신의 욕망과 이기심을 한 번쯤 되돌아봤을 것이다. 우리 부부 역시 버리지 못한 세상적인 욕심에 심한 부끄러움을 느껴야 했고, '신앙인으로서 가치 있는 삶이란 어떤 것일까?' 하는 생각을 깊이 있게 하게 되었다.

나의 경우 이 기도를 올린 환자처럼 병석에 누워본 적이 있었고, 생활형편이 어려운 적도 있었으며, 또 철저하게 외로운 때도 있었다. 실제로 나는 지금도 여의도 성모병원에 다니고 있다. 내 담당의사만 해도 6명이다. 말 그대로 종합병원인 셈이다. 물론 오랫동안 나를 치료해 준 주치의들에게 감사하고 있지만, 아파서 고통 받을 때도 내가 기쁜 마음으로 버틸 수 있었던 건 순전히 나를 붙들어 주시는 분이 계신다는 믿음 덕분이었다.

그래서 누구보다도 이렇게 힘든 상황에서 이러한 기도를 한다는 것이, 정말이지 쉽지 않은 일임을 잘 알고 있다. 그러므로 이 기도문은 나와 나를 간병해 준 아내에게 더없이 소중하게 느껴진다.

어느 환자의 기도

주님, 저는 출세의 길을 위해
주님께서 건강과 힘을 주시기를 원했으나,
주님께서는 제게 순종을 배우라고
나약함을 주셨습니다.

주님, 저는 위대한 일을 하고 싶어
건강을 청했으나,
주님께서는 좀 더 큰 소원을 이루게 하시려고
경고를 주셨습니다.

주님, 저는 행복하게 살고 싶어
부귀함을 청했으나,
주님께서는 제가 지혜로운 자가 되도록
가난을 주셨습니다.

주님, 저는 만인이 우러러 존경 받는 자가 되고 싶어
명예를 청했으나,
주님께서는 저를 비참하게 만드시어

당신만을 필요로 하게 해주셨습니다.

주님, 저는 홀로 있기가 외로워
주님께 우정을 청했으나,
주님께서는 세계의 형제들을 사랑하라고
넓은 마음을 주셨습니다.

주님, 저는 주님께 제 삶을 즐겁게 해줄 수 있는
모든 것을 청했으나,
주님께서는 모든 이들을 즐겁게 해줘야 하는
삶의 길을 주셨습니다.

제가 주님께 청한 것은
하나도 받지 못했으나,
주님께서는 제가 바라던 그 모든 것을 주셨습니다.
주님, 감사합니다.

모든 일에는 시작이 있는 만큼 끝이 있다. 그러나 믿음과 기
도에는 끝이 없다.
믿음의 진리에 대하여 깊이 깨우친 사람이든, 깨달아 가는

여정에 있는 사람이든, 초심자 수준에 머물러 있는 사람이든, 한 가지 분명한 것은 끊임없이 기도해야 한다는 점이다.

우리 부부 역시 이렇듯 마음에 울림이 있는, 진정으로 자신을 내려놓고 하느님의 말씀 안에서 살아가는, 참된 신앙인으로서의 기도를 올리며 살고 싶다.

Chapter 5

죽음을
맞이하는 자세

고맙습니다!
감사합니다!

하느님은 늘 우리를 부르신다

 영원히 사는 사람은 없다. 누구나 언젠가는
필연적으로 죽음을 맞이하게 마련이다. 그
런 만큼 자기 앞에 닥친 죽음을 평온한 마음
으로 맞이할 수 있다면, 그 사람은 피할 길
없는 죽음을 잘 준비하면서 주어진 삶을 잘
살았다고 볼 수 있을 것이다. 결국은 주님 앞으로 돌아가야 할
유한한 우리의 삶을, 어떻게 살아야 좋을지 늘 염두에 두고 있
어야 한다.

꽤 오래전에 경주 지방을 여행한 적이 있었다. 여행 중에 주
일날이 되어 경주의 어느 성당에 가게 되었다. 그때 성당에서

나주어 준 주보에, 참으로 인상적인 글이 실려 있었다. 〈목숨의 볼펜〉이란 제목의 글이었다.

나는 어느 날 밤에 꿈을 꾸고 있었습니다.

하느님께서 금빛 볼펜을 품에서 꺼내주시며 이렇게 말씀하셨습니다.

"너에게 주는 선물이다. 한 번 써보아라."

나는 기쁜 마음으로 금빛 볼펜을 받아 들고는 이것저것 쓰기 시작했습니다. 잉크가 참 잘 나왔습니다. 그런데 한참 신나게 쓰다 보니 더 이상 써지지 않았습니다. 볼펜 잉크가 다 떨어졌기 때문이었습니다. 마침 중요한 내용을 쓰고 있었기 때문에 무척이나 아쉬웠지만, 별 도리 없이 그만둘 수밖에 없었습니다. 이를 조용히 지켜보시던 하느님께서 말씀하셨습니다.

"애야, 네가 받은 목숨도 이와 같다. 누구든지 자기 목숨을 아무렇게나 살다보면 자신이 알지 못하는 사이에 볼펜 잉크가 떨어지는 것처럼 자기 목숨의 잉크도 떨어지고 만다. 그렇다면 내가 준 그 볼펜으로 무엇을 썼어야 했겠느냐? 네가 적는 내용은 하찮은 것이 아니라 값진 것들이어야 하지 않겠느냐? 그러니 너도 네 목숨을 함부로 하지 마라."

꿈에서 깬 나는 오랫동안 잠들 수가 없었습니다. 그리고 다음날 아침, 나는 다른 사람이 되어 있었습니다.

2008년 1월 25일, 칠순기념 및 출판기념회 미사
최창무 대주교와 22명의 성직자들이 공동 집전

나는 이 글을 읽고 나서 볼펜 잉크가 다 떨어지기 전에, 다시 말해 우리 생명이 다하기 전에 최선을 다해 살아야겠다는 생각을 했다.

하느님께서는 한 사람도 빠짐없이 인간 개개인에게 달란트를 주셨다. 흔히 사람들은 "저 사람은 정말 잘산다." "저 사람은 명예와 권세, 거기에 돈까지 많으니 참으로 부럽다."는 식의 말을 한다. 하지만 하느님께서 어떤 한 사람에게만 좋은 점을 몰아주신다고는 생각하지 않는다.

미국의 케네디 집안을 두고 굉장히 좋은 집안이라고 한다. 케네디 대통령의 아버지, 케네디 자신, 그 동생들까지, 표면적으로만 보면 그 집안이 대단하게 여겨질 수밖에 없다. 그러나 그중에는 소아마비로 가족들 마음을 아프게 한 사람도 있다. 윈스턴 처칠은 제2차 세계대전 중 영국을 구해낸 유명한 재상으로 알려져 있다. 그렇지만 윈스턴 처칠도 마찬가지로, 그 딸 중에 알코올 중독자가 있어서 마음 편히 살지 못했다.

이러한 사실에서 알 수 있듯이 우리 인간들은 하느님으로부터 골고루 달란트를 받는다. 그런데 그 달란트를 받으면서도 스스로 깨닫지 못하고, "나는 팔자가 왜 이 모양이냐?" "하느님이 계시다면 나를 왜 이렇게 만드느냐?"며 투덜대기 일쑤이다.

가톨릭 신자들은 아침기도를 드릴 때마다 성호경(聖號經)을 긋고 주님의 기도를 바치고 다음과 같은 구절을 읽는다.

"하느님, 저를 사랑으로 내시고 저에게 영혼 육신을 주시어 주님만을 섬기고 사람을 도우라 하셨나이다. 저는 비록 죄가 많으나 주님께 받은 몸과 마음을 오롯이 도로 바쳐 찬미와 봉사의 제물로 드리오니, 어여삐 여기시어 받아주소서. 아멘."

아침기도를 드리면서 최선을 다하겠다고 다짐해도, 나태한 신앙생활에 빠지거나 냉담에 걸리기 쉽다. 하느님께서 늘 우리를 부르고 계신데도 그걸 자꾸 잊고 마는 것이다. 이렇게 우리가 주님이 주신 소명을 잊고 있거나 게으름을 피우고 있을 때, 주님께서는 채근 또는 독려를 해주신다.

물론 하느님의 때와 우리의 때가 항상 일치하는 것은 아니다. 하느님께서는 당신께서 원하실 때 계시를 드러내신다. 우리로서는 그것을 발견하고 느끼는 것이 매우 중요하다.

하느님께서 나를 부르실 때는 늘 나를 아프게 하셨다. 나태해지거나 신앙생활을 열심히 하지 않을 때 주님께서는 나를 아프게 하셨고, 나는 그 고통까지도 주님의 또 다른 축복임을 깨달았다.

주님께서 우리를 다루시는 방법은 사람에 따라 제각기 다를 것이다. 그러므로 그분께서 뭔가를 계시하실 때 놓치지 말고 잘 받아들여 실천할 수 있도록, 늘 깨어 있어야 한다. 길게 사는 것이 중요한 것이 아니라, 얼마나 잘 살았느냐가 더 중요하다. 그러기 위해선 다음과 같은 사항을 늘 명심하고 있어야 할 것이다.

첫째, 언젠가 죽음이 닥쳐오기 전에 죽음을 미리 준비해 두자.

둘째, 세속적인 성공에 연연하지 말자.

셋째, 소원했던 이들과 화해하고 고마웠던 사람들에게 감사하며 살자.

오늘이 나머지 인생의 첫날

 신문에 연재되었던 고 장영희 교수님의 글을 읽고 감명을 받은 적이 있다. 장영희 교수님이 미국 시인 로버트 프로스트의 〈자작나무〉를 해설해 놓은 것이다.

오늘은 나머지 날의 첫 날,
인생은 길 없는 숲이고
길을 찾아 숲속을 해매는 것이
우리네 인생살이입니다.
(중략)
영원히 떠나고 싶지 않은 것이 바로 이 세상입니다.
어차피 운명은 믿을 만한 것이 못되고
인생은 두 번 살 수 없는 것.
오늘이 나머지 인생의 첫날이라는
감격과 열정으로 살 수밖에 없습니다.

장영희 교수님은 생후 1년 만에 소아마비를 앓아 두 다리를 쓰지 못하는 장애인이 되었다. 그러나 그 역경을 딛고 일어선 참으로 지혜롭고 총명한 분이었다. 소아마비로도 모자라 그녀의 불행은 계속되었다. 2001년 유방암과 2004년 척추암을 이겨낸 뒤 다시 강단에 섰지만, 2008년 간암으로까지 전이된 것이다. 그렇기 때문에 '오늘이 나머지 인생의 첫날'이라고 해설하지 않았나 싶다. 장 교수님은 자신에게 주어진 하루하루를 인생의 첫날이라 생각하며, 감격과 열정으로 살다가 간 것이다.

그러면 우리는 죽음을 어떻게 맞이할 것인가?

'죽음의 철학' 강의로 유명한 독일 태생의 알퐁스 데켄 신부님이 계신다. 이분은 일본에 건너와서 상지대학 교수가 되었는데, 특히 삶과 죽음을 생각하는 세미나와 모임 등에서 '죽음 준비 교육'이라는 것을 늘 강조하셨다. 죽음준비를 통해 삶을 좀 더 의미 있게 변형시키자는 취지에서였다.

데켄 신부님이 죽음에 관하여 추천한 영화 중 구로사와 아키라 감독의 〈이키루(生きる)〉라는 영화가 있다. '이키루'는 우리말로 '살다'의 의미라고 한다.

정년퇴직을 한 시청 직원이 암에 걸려, 반년밖에 살 수 없다는 선고를 받았다. 그동안 좀 엉터리로 살아온 이 사람은 나머지 반년 동안만이라도 인간답게 살고 싶다는 생각을 하며, 직접 조그마한 어린이 공원을 만들기로 결심한다. 많은 우여곡절을 겪고 마침내 공원을 완성하게 되는데, 그 마지막 장면이 참 인상 깊었다.

하얀 눈이 펑펑 내리는 밤에 그가 혼자, 완성된 공원의 그네를 탄 채 조용히 숨을 거두는 장면이었다. 주인공의 죽음으로 엔딩을 맞는 이 영화의 제목이, 오히려 이와는 반대로 '이키루', 즉 '살다'이다.

이는 역설적으로 주인공이 죽을 날이 임박해서야, 다른 사람에게 사랑을 바침으로써 얻게 되는 기쁨을 처음으로 깨닫게 되었고, 그로 인해 깊은 만족감을 느끼면서 죽어갔기 때문이다. 죽기 전에 '뭔가 남을 위해 할 수 있는 것이 없을까?' 하는 생각을 들게 하는 이 영화는, 그러므로 우리에게 시사하는 바가 크다.

우리 부부 역시 잘 죽기 위해 세속을 떠나는 순간, 김수환 추기경님께서 설립하신 '한마음한몸운동본부'에 장기기증을 서약한 바 있다. 늙은 육신이지만 단 하나의 장기라도 남을 위해 유익하게 쓰였으면 좋겠다는 바람에서였다.

잘 죽기 위해선 무엇보다 잘 살아야 한다. 생과 죽음은 반대인 것 같지만 사실 인생은 죽음으로 완성되는 것이기 때문이다. 바로 오늘이 나머지 인생의 첫날이라 생각하고 늘 최선을 다해 살아야 할 것이다.

절대로 말을 하지 않는다는 트라피스트(Trappiste) 수도원에서도, 수도자들에게 허용한 딱 한마디가 있다. 바로 '메멘토 모리(memento mori)', 즉 죽음을 기억하자는 뜻이다.

자기를 버린다는 것은 참으로 고통스러운 일이지만, 영원한 아버지의 집을 향해 순례의 길을 걷고 있는 우리 그리스도인들에게는 가장 필요한 일이기도 하다.

그러므로 우리에게 매일 다가오는 십자가를 귀찮아하지 않고, 아버지께서 인생의 동반자로 주신 선물이라 믿으며 기꺼이 수용하는 자세야말로, 진정으로 자신을 버리며 잘 죽는 일이라고 생각한다.

죽음을 준비하는 우리들의 자세

피정(避靜, retreat)이란 가톨릭 신자들이 일정한 기간 동안 일상적인 생활에서 벗어나, 묵상과 자기 성찰기도 등으로 조용히 자신을 살피면서 기도하는 것을 의미한다. 보통은 피정의 장소로 성당이나 수도원, 피정의 집 등이 이용된다.

그런데 요즘은 그 피정이 색다른 방향에서 전개되고 있어 퍽 흥미롭다. 죽음을 주제로 한 피정이 많아져서, 유언장 쓰기를 비롯하여 관 속에 눕는 체험 등에 이르기까지 꽤 다채로운 죽음 연습이 등장하고 있는 것이다.

이 세상은 단지 나그네 길이므로, 오히려 일생 동안 죽음 후에 올 영생(永生)의 길을 준비하며 사는 것이 인생이라 할 수 있을 것이다. 내세가 있기에 나그네 길에서도 희망을 잃지 않고 사는 것이다.

확실히 우리는 태어나는 순간부터 죽음을 향한 발걸음을 시작한다. 이 짧은 나그네 길에서 좀 더 가치 있는 삶을 살다가 가려면, 죽음연습을 통해 미리미리 죽음을 준비하는 것만큼 유용한 것도 없다고 생각한다.

"염을 할 때 사람의 시신을 보면, 그 사람이 잘 살아왔는지 못 살아왔는지를 알 수 있다."

오랫동안 임종과 장례를 돌보며 300여 구의 시신을 염한 분의 말씀이다. 긍정적인 자세로 웃으며 살았던 사람은 시신이 깨끗하고 얼굴도 맑고 평화로운 데 반해, 잘못 산 사람들은 시신의 색깔도 좋지 않고 냄새도 많이 나고 얼굴도 매우 일그러져 있다는 것이다. 염을 300번 이상 하신 분의 경험담이니 그 말이 맞겠다는 생각이 든다.

이분은 염을 할 때마다 '잘 죽기 위해서는 잘 살아야겠다.'는 각오를 다졌다고 한다. 그러고는 훗날 연령회 회원들을 비롯한 사람들이 자신의 시신을 염할 때, 그 모습이 좋지 않게 보일까 봐 몹시 걱정이 된다는 얘기도 덧붙이셨다.

또 한 분 서울대교구의 연령회 연합회장으로 계시는 김득수 회장님의 '죽음에 대한 단상'이라는 글을 통해, 죽음준비에 대한 중요성을 알려드리고자 한다.

'나도 죽으면 저 모양이 되겠지…….'
하는 생각을 하면 나도 모르게
허무와 슬픔, 공포감이 가슴 서늘하게 스치고 지나갑니다.
마치 매서운 겨울바람이 낙엽을 후루룩 휘몰아쳐 버리는

겨울 빈 들판처럼 말입니다.

죽음의 준비를 하지 못하고

어떤 사고나 병마로 갑자기 죽으면 어떻게 하나.

치매에 걸려서 사랑하는 가족을 못 알아보고,

하느님도 잊은 채

가족과 이웃에 고통만 주고 죽으면 어떻게 하나.

무서운 병으로 육체의 고통을 극심히 겪으며

하느님을 원망하며 죽으면 어떻게 하나.

이 세상에서 못내 이룬 것들을

슬퍼하며 더 하고 싶은 생각만 하고,

좌절 속에서 죽으면 어떻게 하나…….

그러니 항상 죽음을 준비하고 살아야 합니다.

그러나 그때를 아무도 모르니 하느님께 모든 것을 의탁하고

"내 영혼을 당신께 맡깁니다. 자비를 베푸소서." 하고

하루에 두 번 짧은 화살기도를 바쳐야 합니다.

나와 함께하신 주님, 당신께 의탁하오니

주님과 함께하는 나의 죽음이 되게 하소서!

몇 년 전 미국 LA 인근에서 산불이 크게 난 적이 있다. 당시
LA에 살던 사람들은 수천 킬로미터 떨어진 곳에서 산불이 났

다는 사실을 알긴 했지만, 워낙 먼 거리였기 때문에 자신들의 일이라고는 생각하지 않았다. 그런데 불이 자꾸만 LA 쪽으로 옮겨 붙기 시작했다.

하루 이틀이 지나면서 걷잡을 수 없을 정도로 빠르게 옮겨 붙었지만, 그래도 설마 자신들의 마을까지 화마가 닥치리라고는 생각지 않았다. 그러다가 순식간에 불길이 자신들의 동네로 들이닥쳤다. 경찰차가 와서 빨리 피하라는 안내 방송을 하자, 그제야 사람들은 너도 나도 대피하느라고 난리를 치게 되었다.

한 어머니는 무엇을 챙길지 생각할 겨를도 없이 뭔가를 들고 나왔고, 목사님도 마찬가지였다. 그런데 나중에 보니 어머니가 들고 나온 건 아들의 여름방학 캠프 일정표 한 장뿐이었고, 목사님이 들고 나온 건 앨범 두 권뿐이었다고 한다.

우리도 준비하지 않고 산다면 이들과 다를 바 없을 것이다. 우리 앞에 닥쳐올 죽음이라는 것에 대해 준비하지 않고 되는 대로 하루하루를 산다면, 이렇게 될 것이 분명하다.

그러므로 살아 있는 동안 갑자기 닥쳐올지 모르는 죽음을 생각하고 늘 준비하는 자세를 가져야만, 절체절명의 순간에서도 허둥거리지 않을 수 있을 것이다.

다시 한 번만 기회를 주신다면

우리 부부는 오래전부터 시인 구상 선생님을 무척 존경하고 좋아했다. 좋아하는 정도가 아니라, 그분을 진심으로 사랑했다. 병상에 계실 때도 열심히 기도해 드렸고, 돌아가신 지금도 계속해서 선생님을 위해 기도하고 있다.

안타깝게도 선생님은 생전에 병치레를 많이 하셨다. 슬하에 아들 둘, 딸 하나를 두셨는데 의사였던 부인이 언제나 선생님의 병을 치료해 주셨다. 사모님은 강남에서 병원을 운영하며 어려운 이웃들에게 무료 진료를 해주시던 분이었다.

건강이 좋지는 않으셨지만 이렇듯 남부럽지 않은 가정생활을 하시던 선생님에게, 불행한 일들이 생기기 시작했다. 제일 먼저, 결혼하여 딸을 하나 둔 둘째아들이 갑자기 세상을 떠났다. 그 뒤를 이어 선생님의 부인이 돌아가셨고, 마지막으로 장가도 가지 않은 큰아들이 세상을 떠났다.

그러니까 선생님은 생전에 부인과 두 아들을 떠나보내야 했고, 소위 손을 이을 아들 한 명 세상에 남아 있지 않았던 것이다. 그래서 그랬는지 선생님은 유독 죽음에 대한 시를 많이 쓰셨다.

병상우음(病床偶吟)

앓아누워야만
천국행 공부를 한다. (중략)
교과서야 있고
참고서도 많지만
무슨 준비를 어떻게 해야 할지
갈피를 못 잡고 허둥댄다.

그래서 재수부터 마음먹는 수험생처럼
'다시 한 번만 기회를 주신다면' 하지만
번번이 헛다짐이다.
이러다간 영원한
낙제생이 되지 않을까 싶다.
아니! 그건 안 된다.

남편은 이 시에 병상에서 중얼거린다는 의미의 '병상우음(病床偶吟)' 대신, '다시 한 번만 기회를 주신다면'이라는 제목을 붙이고 싶다고 했다.

우리는 하느님이 우리를 사랑하신다는 걸 알면서도 어느 정도까지 사랑하시는지는 잘 모르는 것 같다. 혹시라도 지금 주변에 죽음을 앞둔 사람이 있다면, 나쁜 기억은 다 지워버리고 좋은 기억만 더듬으면서 그 사람의 손을 꼭 잡아줬으면 좋겠다. 그리고 이런 얘기를 들려주면 좋겠다.

"당신이 이렇게 해주셔서, 나는 얼마나 용기를 얻었는지 모릅니다. 그때 당신이 그렇게 해주셔서, 나는 얼마나 고마웠는지 모릅니다."

티베트인들은 암 같은 질병을 일종의 경고로 생각한다고 한다. 그러니까 병이란 것 자체가, 스스로에게 몸이 좋지 않은 상태라는 것을 미리 알려주는 신호라는 것이다. 세상살이가 복잡하거나 남들에게 시비의 대상이 될 때, 다시 말해 몸도 마음도 평화롭지 않을 때 암 같은 병이 생긴다는 것이다.

병이 생긴다는 것은 한 번쯤 자신의 삶을 되돌아보라는 의미일 것이다. 그러므로 '왜 나만 아프게 할까?' 하고 원망할 것이 아니라, 그 진정한 아픔의 의미를 되새겨 보아야 한다.

그리고 다시 한 번 새롭게 살 기회를 주신 하느님께 늘 감사하는 마음으로 살아가야, 구상 선생님이 시에서 쓰신 낙제생이 되지 않을 수 있을 것이다.

나의 유언장 "고맙습니다! 감사합니다! 안녕히 계십시오!"

내게는 좌우명처럼 받드는 몇 가지 삶의 원칙이 있다.

첫째, 기쁘게 살자는 것이다. 어떤 사람은 내게 무슨 좋은 일이 있어 항상 웃는 낯이냐고 묻기도 하는데, 나는 꼭 좋은 일이 있을 때만 기쁜 낯을 할 필요는 없다고 생각한다.

기쁘게 살려고 노력하다 보면 결국 좋은 일도 생기고, 슬픔에 잠겨 있는 사람에게 기쁨을 주려고 노력하는 것 역시 좋은 일이라고 받아들이고 있다. 그러므로 내 모습에서 웃는 낯을 발견한 사람들이 있다면, 바로 그런 마음가짐이 웃는 낯을 자연스럽게 만들어 준 것 같다고 말해 주고 싶다.

둘째, 열심히 칭찬해 주는 역할을 하면서 살자는 것이다. 물론 이런 삶을 유지한다는 것이 쉬운 일이 아니다.

세상에는 칭찬 받을 일이라곤 눈곱만큼도 하지 않는 사람이 허다하지 않는가. 그러나 나는 그런 사람일수록 칭찬을 받아본 적이 별로 없기 때문에, 바른 길로 가지 못한 것이라고 생각한다. 칭찬해 주는 역할을 만들어 가는 것, 그것이 가정과 사회를 밝게 하고 나 자신이 평화로울 수 있는 길이다. 이 또한 매우 중요한 덕목이다.

셋째, 옳은 일은 열심히 그것도 과감히 밀어붙이며 살자는 것이다.

'밀어붙이다'는 표현이 귀에 거슬릴지 모르지만, 좋은 의미에서 밀어붙이는 것은 활력을 가질 수도 있고, 효과적인 결과를 낳을 수도 있기 때문에, 그리 부정할 필요는 없을 것 같다.

이런 좌우명 아래 나는 오래전부터 사진을 모아왔다. 이 세상을 떠날 때 쓸 영정(影幀)사진들이다. 어떻게 보면 쓸데없는 일이라거나 별난 행동이라고 나무랄 사람도 있겠지만, 영정사진을 모으는 내 심정이 그다지 서글프지만은 않다.

영정사진을 모으는 가장 큰 이유는, 친구가 내 빈소에 문상하러 왔을 때 "오! 자네 왔는가, 와줘서 참 고맙네."라며 친근하게 미소 짓는 모습을 보여주고 싶어서이다. 이런 까닭에 12장의 영정사진 후보 중에는, 넥타이를 맨 정장차림의 엄숙한 모습보다는 기분 좋게 웃고 있는 모습이 많다.

내가 이렇게 세상을 떠날 때를 미리 준비하는 것은, 진정으로 죽음을 겸허하게 받아들이려는 데 있다.

거듭 밝히지만 이 나이까지 살아오는 동안 크나큰 불행이 없었던 것은, 전적으로 하느님의 보살핌 덕분이었다. 이후의 삶을 허락해 주신 것 역시 "이제부터는 욕심 부리지 말고, 봉사하면서 살아라." 하는 하느님의 뜻이었다. 나는 그런 하느님의 뜻을 아내와 함께 조용히 따르고 싶다. 그러다가 마침내 눈을 감게 됐을 때, 하느님 앞으로 나아가 "부르셨나이까? 제가 여기 대령했나이다."라고 자신 있게 말할 수 있으면 참 좋겠다.

물론 영정사진을 들여다보고 있자면, 약간은 우울하고 쓸쓸한 느낌이 들기도 한다. 사람이란 아무리 죽음에 대해 초연하려고 해도, 그 한계를 벗어날 수 없는 존재이기 때문이다.

하지만 그렇다고 해서 내 인생이 서글프고 비참한 것은 절대 아니다. 내 빈소에 찾아온 친구를 반갑게 맞아들이는 모습이, 지금까지 모은 영정사진 중에 있다고 생각하면 충분히 행복하다는 느낌이 든다.

또한 영정사진과 함께 준비해 둔 것이 있다. 나의 유언장이다. 우연한 기회에 어느 피정에서 관 속에 들어가 보는 체험을 하기도 했는데, 그때 작성한 유언장이다.

나는 내가 이 세상에 살았던 것을
나의 가장 가까운 사람들인 아내, 큰아들, 둘째아들이
자랑스럽게 생각해 주기를 진심으로 원한다.
하여 나에 대한 좋은 기억들을 되살려,

장례 행사 때 사도예절을 통하여 말해주길 바란다.

그 말들은 그 자리에서 녹음테이프에 수록하여

하나는 가족들이,

다른 하나는 내 무덤에 함께 묻어주길 바란다.

나에 대한 좋지 않은 기억들은

두 아들이 세상을 살아갈 때 좋은 지침으로 삼았으면 한다.

다시 한 번 말한다.

나는 좋은 남편으로, 좋은 아버지로 기억되길 진심으로 원한다.

부디 주 하느님의 가르치심대로 굳건히 살아가길 바란다.

이유도 없이 아플 때가 많아서인지, 환갑이 되기 전에는 '환갑을 넘길 수나 있을까?' 하는 걱정을 했다. 요즘도 몸이 아플 때마다 주님께서 뭔가 메시지를 주시는데, 나는 내가 죽기 한 달 전쯤에 그것을 알았으면 좋겠다. 그래서 세상에 사는 동안 알고 지냈던 사람들을 만나, "그동안 고맙습니다! 감사합니다! 안녕히 계십시오!"라고 인사말을 건네고 싶다.

한때 걱정했던 것과는 달리 나는 70세가 훌쩍 넘은 지금까지도 행복하게 살고 있고, 영정사진과 유언장 등도 미리미리 준비해 놓아 마음이 한결 놓인다. 이제는 사는 날까지 항상 기쁜 마음, 감사하는 마음, 여유로운 마음으로, 시편에 나오는 "제가 무엇이건데 이리 많은 은혜를 주십니까?" 하는 구절을 되새기며 기도를 올리고자 한다.

 내게 남은 시간이 정확히 얼마인지는 모르지만, 프란치스코 영성을 더 깊게 갈고 닦아 실천하는 삶을 살고 싶다. 지금껏 나를 아껴주고 사랑해 주신 분들을 비롯하여, 가족과 친구들에게 남기고 싶은 약속이 바로 이것이다.

묘비명은 이렇게

 남편에게는 특이한 습관이 하나 있다. 묘지에 갈 때마다 어떤 사람이 이곳에 묻혀 있나 궁금해 하면서, 묘비 뒤에 적혀 있는 글을 읽어 보는 것이다.

대부분의 묘비에는 아들, 며느리를 비롯한 가족들의 이름이 적혀 있다. 그런데 간혹 보면 특별한 글을 써놓은 사람도 있고, 글 대신 자신의 사진을 각인시켜 놓은 사람도 있다. 특히 요즘 들어서는 다양한 모습의 묘비가 눈에 많이 띄고 있다.

오래전에 대주교님을 모시고 여러 교우들과 함께 부부동반으로 그리스에 간 적이 있다.

그때 크레타 섬이란 곳에 들르게 되었는데, 그곳은 그리스의 작가인 카잔차키스(Kazantzakis)의 묘지가 있는 곳으로도 유명했다. 그러나 우리가 있던 곳은 카잔차키스의 묘지와는 다소 거리가 있어, 따로 시간을 내어 그의 묘지를 돌아보는 것은 좀 무리였다.

그런데 우리 일행 중 문학 평론가 구중서 씨가 "아, 크레타 섬에 와서 내가 카잔차키스의 묘를 돌아보지 않는다는 것은 말도 안 됩니다. 나는 따로 택시를 대절해서 갔다 오겠습니다."
하며 고집을 부렸다.

인솔자였던 남편은 일행을 책임져야 해서, 대신 내가 그를 따라 나섰다. 덕분에 카잔차키스의 묘비를 사진에 담을 수 있었는데, 그 묘비명이 무척 인상적이었다.

"나는 아무것도 원치 않는다. 나는 아무것도 두려워하지 않는다. 나는 자유이므로."

보통 사람들이 카잔차키스처럼 아무것도 두려워하지 않는 경지에 이르는 것은 절대 쉽지 않을 것이다. 이렇게까지는 아니더라도 각자 자신에게 맞는 소박한 묘비명을 생각해 보는 것도, 죽음을 잘 준비하는 일이라 할 수 있을 것이다. 우리 부부도 묘비명에 대해 열심히 생각 중이다.

묘비명 얘기를 하다 보니까, 얼마 전에 들었던 색다른 장례식 이야기가 생각난다.

한 가톨릭 신자가 죽음이 가까워오자, 자신의 장례식에 대해서 두 쪽짜리 팸플릿을 자필로 만들어 두었다고 한다. 그러고는 자신이 죽으면 장례식 당일에 이를 복사해서, 참석자들에게 배포하도록 친지에게 부탁을 했다.

장례 미사 때 낭송되는 성서 구절과 성가 등도 모두 자신이 선택했다. 특히 신부님이 설교를 행하는 순서가 되자, 그가 테이프에 녹음했던 이별의 메시지가 흘러나왔다. 그를 위해 장례식에 참석했던 사람들에게 잊을 수 없는 추억을 안겨준 것이다.

그는 마지막으로 자신의 육성에 진심을 담아, 생전에 많은 사람들이 자신에게 보여주었던 우정에 깊은 감사를 표한 것이다.

그렇지만 이런 경우는 좀 특별한 경우이고, 대부분 장례식에 가면 밋밋하다는 느낌을 지울 수 없다.

남편과 나는 위의 분처럼 음성을 녹음해도 좋고, 아니면 비디오 시대에 걸맞게 생전에 인사말을 녹화해서 영상으로 전해도 좋겠다는 생각을 하고 있다.

우리 부부는 벌써 오래전부터 조금씩 조금씩 우리들의 죽음에 대한 준비를 하고 있다. 실버타운에 입주하면서 그동안 애지중지하던 책과 여행 자료, 기념품들을 세 군데에 기증하여 모두 정리하였다. 하나씩 쥐고 있던 욕심들을 내려놓기 시작한 것이다.

'세상은 하느님을 비추는 거울'이란 말이 있다. 이 세상에서 원 없이 놀다가 다시 하느님의 품으로 돌아가는 것이니, 우리 부부에게 후회란 없다.

우리뿐 아니라 세상 모든 이들이 죽음으로써 또 다른 자유와 조우하게 될 것이므로, 카잔차키스의 묘비명처럼 아무것도 두려워하지 않아도 되리라!

아름다운 마무리

 이제 짧다면 짧고 길다고 하면 긴, 우리 부부의 70대 인생을 살아가는 이야기도 마무리할 때가 된 것 같다. 이 책을 읽는 분들은 어찌 생각할지 모르겠지만, 우리 부부가 살아온 삶을 정리하기로 작정한 데는 크게 두 가지 뜻이 있었다.

이 세상에 태어나 학교를 다니고, 사회생활을 하고, 자식을 낳아 기르면서 70년 이상을 살았다면, 그건 인생에 어떤 획 하나를 그었다는 의미일 수도 있다. 그러므로 이쯤에서 우리 부부의 인생에 그어진 획들을 차분히 정리해 볼 필요가 있다고 생각했다.

평균수명이 길어진 만큼, 인생 70이면 이제부터 시작이라고 할지도 모르겠다. 우리 부부는 그 말에 동감하면서도, 이후부터는 여분의 인생이 시작되는 것이라고 받아들이고 있다.

특히 우리 부부의 글을 두 아들이 읽고 '아, 우리 부모님이 이런 생각을 가지고 이렇게 살아오셨구나!' 하고 이해해 줬으면 하는 바람이다.

부부는 45년 동안 고락을 함께했으므로 누구보다 서로의 삶의 궤적을 잘 알고 있지만, 아들들과는 살아온 얘기를 나눌 기회가 적었기 때문에 우리 부부의 삶에 대해 모르는 부분이 많을 수도 있을 것이다.

우리 부부가 살아온 인생은 방송인, 선생님, 여행가, 종교인으로서의 삶이었다. 이러한 삶의 군데군데에는 더러 야사(野史) 역할을 할 만한 대목이 있을 수밖에 없다. 그러므로 우리 부부의 삶을 둘만의 가슴에 묻기보다는, 어떤 형식으로든 글로 남기는 것이 필요하다고 생각했다.

우리 부부가 함께 글을 쓴 또 하나의 이유는, 그간 많은 가르침과 도움을 주신 분들께 '이렇게 살아오도록 도와주셔서 정말 감사합니다.'라는 뜻을 전하고 싶어서였다. 그분들이 있었기에 오늘의 우리 부부가 있는 것이다.

하루하루 늘 기쁘고 늘 감사하는 마음으로 이웃에게 베풀며 살고자 했으나, 그것을 100퍼센트 실행으로 옮겼다고는 자신할 수 없다. 그러나 그런 삶을 살고자 노력한 점만은 우리 부부 모두 만족스럽게 생각한다.

2006년 10월, 민속촌 근처

이 글을 마치려니 부모님의 모습이 떠오른다. 어느새 우리 부부도 부모님만큼이나 나이가 들어 있다.

나의 부모님은 1년 차이로 두 분 다 81세 때 돌아가셨다. 장인 장모님은 17년 간격이긴 하지만 8월 19일 똑같은 날에 돌아가셨다. 참 신기한 내력이라 할 수밖에 없다.

부모님들과 더불어 구상 선생님과 오기선 신부님을 비롯한 이웃 어른들의 생전의 모습도 떠오른다. 언제나 이분들의 가르침대로 살아가려 노력했지만, 그 삶 이전에 인간 본연의 쓸쓸함과 고독함도 쉽게 물리칠 수 없었다. 더구나 이제 우리 부부는 70세 후반의 삶을 살아야 한다.

그렇지만 이후의 삶은 두말 할 것도 없이 건강이 허락하는 그날까지 봉사하면서 사는 삶이고, 욕심을 버리고 주어진 것에 감사하며 신나게 사는 삶이다.

우리 부부 모두 건강 상태가 그리 시원치 않던 시절이 있었다. 그런데도 이날까지 온 것을 보면 사람의 목숨이란 정녕 하느님의 뜻에 달려 있음을 다시 한 번 절감한다.

천주교에서는 다른 종교와는 달리 '죽음연습'이라는 것을 시키는데, 우리 부부는 그것을 살아 있는 동안 삶에 대해 좀 더 겸손하고 대의를 중시하며 살라는 하느님의 분부로 받아들이고 있다. 천년도 당신 눈에는 지나간 어제 같고, 사람은 진흙으로 돌아가게 하시며, 하느님은 언제나 더 좋은 것을 주신다고 했다.

"좋은 일은 서두르자. 좋은 일은 절대 그냥 놔두지 말자."

요즘 우리 부부의 가치관이다. 나쁜 일은 하지 않고 모르는 척하는 게 좋지만, 좋은 일은 나중으로 미루지 말자는 얘기이다. 특히 남에게 도움을 주고 격려해 줄 수 있는 일이라면 서두를수록 좋다는 것이다.

힘은 들어도 하느님 안에서 하루하루 기쁘고 감사하게 살려고 노력하는 것, 그것이 이생의 삶을 아름답게 마무리할 수 있는 최선의 길이라 믿는다. 그리고 이 세상을 떠나 하느님 품으로 돌아가는 날, 부부가 한 목소리로 외치고 싶다.

"고맙습니다! 감사합니다! 안녕히 계십시오! 모든 이들에게
사랑이신 하느님의 축복이 함께하기를, 아멘!"

'행복에너지'의 해피 대한민국 프로젝트!
〈모교 책 보내기 운동〉

대한민국의 뿌리, 대한민국의 미래 **청소년·청년**들에게 **책**을 보내주세요.

많은 학교의 도서관이 가난해지고 있습니다. 그만큼 많은 학생들의 마음 또한 가난해지고 있습니다. 학교 도서관에는 색이 바래고 찢어진 책들이 나뒹굽니다. 더럽고 먼지만 앉은 책을 과연 누가 읽고 싶어 할까요? 게임과 스마트폰에 중독된 초·중고생들. 입시의 문턱 앞에서 문제집에만 매달리는 고등학생들. 험난한 취업 준비에 책 읽을 시간조차 없는 대학생들. 아무런 꿈도 없이 정해진 길을 따라서만 가는 젊은이들이 과연 대한민국을 이끌 수 있을까요?

한 권의 책은 한 사람의 인생을 바꾸는 힘을 가지고 있습니다. 한 사람의 인생이 바뀌면 한 나라의 국운이 바뀝니다. **저희 행복에너지에서는 베스트셀러와 각종 기관에서 우수도서로 선정된 도서를 중심으로 〈모교 책 보내기 운동〉을 펼치고 있습니다.** 대한민국의 미래, 젊은이들에게 좋은 책을 보내주십시오. 독자 여러분의 자랑스러운 모교에 보내진 한 권의 책은 더 크게 성장할 대한민국의 발판이 될 것입니다.

도서출판 행복에너지를 성원해주시는 독자 여러분의 많은 관심과 참여 부탁드리겠습니다.

도서출판 **행복에너지** 임직원 일동

꿈의 크기만큼 자란다

조영탁 지음 | 280쪽 | 값 15,000원

'꿈'이라는 목표가 있기에 삶은 가치가 있고 사람은 미래를 향해 전진한다. 가장 중요한 점은 꿈의 크기에 한계를 두지 않았을 때 사람은 성장한다는 사실이다. 지금보다 더 '큰 사람'이 되고 싶다면, 성공을 위한 비전을 정확히 내다보고 싶다면 『꿈의 크기만큼 자란다』와 그 첫발을 시작하자.

내 아이를 위한 인문학

채성남 지음 | 276쪽 | 값 15,000원

"책을 좋아하고 사람을 사랑하고 자연을 즐기는 아이로 키우세요." 훌륭한 경영 리더들은 모두 좋은 경영자 이전에 좋은 철학자였다. 자녀를 어질게 키우고 싶다면 부모가 먼저 훌륭한 철학자가 되어야 한다. 동양 최고의 스승 공자에게 마음의 그릇을 키우는 법을 배우고, 스스로 위대한 철학자가 됨을 두려워하지 않는다면 당신은 이미 '좋은 부모'다.

그대 인연을 사랑하라

남달구 지음 | 300쪽 | 값 15,000원

『그대 인연을 사랑하라』는 비록 남달구 기자가 세상에 내놓는 첫 번째 책이지만 안에 담긴 '맛과 멋'은 장인의 솜씨와 열정 그대로이다. 특종과 이슈가 아닌 '가치와 진실'을 찾아 떠나온 삶의 여정. 이 책은 수많은 독자에게 참된 나와 진실한 세상으로 가는 길목의 이정표가 되어줄 것이다.

내 인생의 터닝포인트

김원수 · 박필령 지음 | 316쪽 | 값 15,000원

이토록 행복하고 멋있게 살아가는 부부가 있을까. 암이 가져다준 고통마저도 삶의 축복으로 승화시키는 애정과 헌신의 힘. 한 명의 보잘것없는 인간이 부부 됨으로써 위대한 존재가 되어가는 과정. "나의 인생이 즐겁고 아름다운 까닭은 단 하나, 바로 당신. 몇 번을 다시 태어나도 나에겐 오직 당신뿐입니다."

소리 - 한이 혼을 부르다
정상래 지음 | 352쪽 | 값 13,500원

쏟아져 나오는 책은 많지만 읽을거리가 없다고 탄식하는 독자들이 많다. 그렇다면 근대 한국사에 담긴 우리 한(恨)의 정서에 관심이 있다면, 대하소설의 참맛에 대해 잘 알고 있다면, 정말 제대로 된 작품을 읽어볼 요량이라면 이 소설은 독자를 위한 더할 나위 없는 선물이자 생을 관통할 화두가 되어 줄 것이다.

참 아름다운 동행
권희철 지음 | 276쪽 | 값 15,000원

2005년 타인의 생명을 구하고 세상을 떠난 故 설동월 · 이진숙 부부와 당시 기적적으로 살아남은 두 부부의 세 살배기 아이 영환이에 대한 이야기이다. 저자는 곁에서 들려주는 듯 조곤조곤하면서도 따스한 목소리로 '부모님이 계시지 않는 까닭부터 앞으로 어른이 되기까지 네가 무엇을 해야 할지'에 대해 이야기한다.

하루 7분 기적의 글쓰기
김병규 지음 | 256쪽 | 값 15,000원

내 인생과는 전혀 상관이 없을 것 같았던 일들이 느닷없이 행복 혹은 불행으로 다가온다. 그렇다면 '글쓰기'는 분명 행복에 가까운 쪽일 것이다. 하루 5분은 즐거운 마음으로 이 책을 읽고 2분은 자신만의 유쾌한 글을 쓴다면 말이다. 『하루 7분 기적의 글쓰기』의 첫 장을 펼침과 동시에 어제보다 행복해진 오늘을 맞이해 보자.

부모를 위한 인문학
노재욱 지음 | 272쪽 | 값 15,000원

한국인성교육학회 이사장 노재욱 박사는 대한민국 근현대 교육사를 몸소 체험하고 지켜봐온 교육전문가이다. 책 『부모를 위한 인문학』은 동서양의 모든 종교와 인문학을 두루 섭렵한 저자의 50년 교육 인생과 연구, 강연 활동의 집대성이다. 교육과 관련된 각종 인문학의 핵심 사항을 모아 우리 사회의 실정에 맞춰 어떻게 하면 좋은 부모가 될 수 있는지에 대해 차분한 어법과 쉬운 해설로 제시하고 있다.